KB142206

무비유환

무비유환

2017년 12월 15일 초판 1쇄 발행

지은이 이재익·이승훈·김훈종

펴낸이 정해종

마케팅 심규완, 김명래, 권금숙, 양봉호,
임지윤, 최의범, 조히라

책임편집 정선영, 이기웅, 김새미나
경영지원 김현우, 강신우
해외기획 우정민

펴낸곳 박하
주소 경기도 파주시 회동길 337-16 3층
팩스 031-955-9914

출판신고 2016년 5월 20일 제406-2016-000066호
전화 031-955-9912 (9913)
이메일 bakha@bakha.kr

© 이재익·이승훈·김훈종
(저작권자와 맺은 특약에 따라 검인을 생략합니다)

ISBN 979-11-87798-31-6 (03810)

무비유환

[movie-有歡, 영화에는 인생의 기쁨이 있다]

이재익·이승훈·김훈종 지음

박하

김훈종의 인생 영화 이야기

이재익의
인생 영화 이야기

드디어 나왔다. 영화 팟캐스트 씨네타운 나인틴에 어울리는 책이.《무비유환》. 우리의 사자성어 전문가 김훈종 피디가 내놓은 이 멋진 제목을 풀이하자면, '영화에는 인생의 기쁨이 있다'는 뜻이다.

방송 내내 딴소리를 워낙 많이 해서 이게 정말 영화 팟캐스트가 맞나 싶지만, 맞다. 제목에서부터 본령까지, 씨네타운 나인틴은 영화 팟캐스트로 기획되었고 그렇게 제작되고 있다. 그런데 우리 세 명의 진행자들이 함께 낸 책들은 정작 영화가 아닌 다른 주제를 다루었다. 그러다 마침내 네 번째 책에서 우리는 영화를 이야기한다.(당연히 일부 스포일러도 포함되어 있다.) 물론 영화 이야기 속에 추억팔이도 있고 책 이야기도 있겠지만, 씨네타운 나인틴이 영화 팟캐스트인 것처럼 이 책《무비유환》은 영화 에세이가 분명하다.

책 제목처럼 영화는 나에게 너무나도 많은 기쁨을 선물해주었다. 이 책을 쓰는 과정은 그 기쁨의 흔적을 돌이켜보는 작업이었다. 시나리오 작가로 글을 쓸 때는 어디까지나 작가로서의 태도로 영화를 대하고 대본을 썼지만, 적어도 이 책을 쓸 때만큼은 작가가 아니라 한 명의 관객으로서 같이 영화를 본 친구와 신나게 떠드는 기분이었다.

물론 '괴물' 챕터에서는 내 나름의 봉준호론으로 진지하게 영화 평론 같은 걸 쓰기도 하고, '베테랑' 챕터에서는 민주 시민으로서 자기 성찰을 하기도 했으나, 기본적으로 이 책에 있는 글 대부분은 룰루랄라 노래하며 썼다.

그러니 독자님들도 그랬으면 좋겠다. 이 책에 등장하는 영화들을 보면서 때로는 우리의 이야기에 공감해 고개를 끄덕이고, 때로는 감상이 달라 고개를 갸웃하면서 가볍게 읽어내려 갔으면 한다. 몰랐던 영화를 소개받아 보고 대만족하는 바람직한 상황이 벌어진다면 더없이 보람차겠다.

이 책이 독자 여러분의 즐거운 영화 인생에 '앤트맨' 손톱만큼이라도 보탬이 되기를 바라며, 포스가 함께하길.

이제 《무비유환》 시작합니다. 핸드폰은 꺼주시고, 너무 재미있다고 앞에 있는 사람을 발로 차는 행위는 삼가주시고, 지나친 애정 행각은 언제나 환영합니다.

이토록 큰 자극과
경험이란

*
*
*

쾌찬차

1980년대 중반, 나는 경상북도 울진이라는 시골에 살던 초등학생이었다. 지금도 울진에는 문화시설이라고 할 만한 것이 별로 없다. 대형 서점도, 공연장도, 멀티플렉스 극장도 없다. 2017년에도 그런데 1980년대에는 어땠겠는가? TV가 있는 집도 몇 안 되던 깡촌에 살던 내가 '대중문화'라는 것에 제대로 눈을 뜨게 된 계기는 사촌형 덕분이었다.

소아마비를 앓아 다리가 불편했던 사촌형은 장애에도 불구하고 혹은 다리가 불편한 덕분이었는지 우리 동네에서 제일가는 팝송 박사였다. 얼마나 팝송을 좋아하고 많이 알았는지, 형은 결국 조그마한 음반 가게를 차렸다. 그 이름도 고색창연한 목마레코드. 20대 청춘들은 한 번도 본 적 없을지 모르지만, 1990년대 중반까지만 해도 레코드판과 카세트테이프를 파는 음반 가게가 스타벅스만큼 흔했다. 음반 가게들은 대부분 출입문 옆에 외부로 향한 스피커를 마련해놓고 하루 종일 노래를 틀어댔는데, 그 음악이야말로 거리의 BGM이자 매일매일 우리 일상의 사운드트랙이었다.

초등학생 시절 내가 가장 탐내던 장소가 바로 사촌형의 음반 가게 목마레코드의 턴테이블 박스였다. 서당 개 삼 년이면 풍월을 읊는다고, 사촌형의 음반 가게에 매일같이 들락거리며 음악을 듣고 레코드판을 뒤적이던 나는 제법 팝송을 흥얼거리게 되었다.

당시 내 꿈이 내가 고른 음악을 직접 틀어보는 것이었다. 음반 가게 턴테이블에 레코드판을 올리고 조심스럽게 바늘을 얹는 그 순간을 얼마나 꿈꿨던지. 북한 무장공비가 침투 장소로 낙점할 정도로 외진 시골이긴 해도, 거리에 내가 튼 음악이 울려 퍼지는 장면이란! 상상만으로도 침이 고일 정도로 행복했다. 결국 용기를 내어 사촌형에게 나도 음악을 틀어보고 싶다고 말했지만, 대답은 매몰찼다. "까불지 마, 인마."

그 시절 나는 상상 속에서 어떤 노래를 제일 먼저 틀을지 수도 없이 고민했다. 아하의 '테이크 온 미'였다가, 조이의 '터치 바이 터치'였다가, 어떤 날은 영화 〈스트리트 오브 파이어〉의 테마곡을 틀고 싶기도 했다. 이렇게 너무 자주 바뀌는 머릿속 선곡이 못마땅했던 나는 첫 곡은 딱 정해놓고 그다음 곡들 순서를 고민하기로 마음먹었다. 그리하여 정해진 노래가 바로 신디 로퍼의 '걸스 저스트 워너 해브 펀'이었다.

초등학교 4학년 때였나 5학년 때였나, 사촌형의 음반 가게에서 내가 직접 음악을 틀어보는 날을 고대하며 신디 로퍼의 앨범을 매일같이 꺼내보던 즈음, 굉장한 이벤트가 벌어졌다. 울진에 극장이 들어온 것이다! 이름은 당연히 울진극장.

말이 극장이지, 지금 기준으로 보면 큰 규모의 비디오방 같은 수준이었다. 좁디좁은 의자가 100개 남짓 붙어 있는 객석에 초소형 스크린이 전부였다. 걸리는 영화도 죄다 한물 간 영화들이고 상영시간을 맞추려고 심각하게 가위질을 했다. 극장 예절 따위도 존재하지 않는 공간이었다. 떠드는 소리는 예사고, 영화를 보다가도 들락날락. 믿어지지 않겠지만 영화를 보면서 담배 피우는 아저씨들도 있었고, 심지어 개를 데리고 오는 사람도 있었던 기억이 난다. 그래도 상관없었다. 영화를 볼 수 있다는 사실 자체에 감격해 나는 밤잠을 이루지 못했다.

나를 처음 극장에 데려간 사람도 사촌형이었다. 절룩거리는 형을 따라 태어나서 처음 극장에 갔던 날이 아직도 생생하다. 실제 배우와는 1도 안 닮게 그린 극장 간판도, 껌을 딱딱 씹으며 종이표에 도장을 쾅 찍어주던 동네 누나도, 걸을 때마다 먼지 냄새를 폴폴 풍기던 시멘트 바닥도 다 기억난다. "재익이 극장 오니까 존나?" "좋지! 영화 억수로 재미있을 거

같다!" 잔뜩 흥분해 형과 나누었던 대화도 얼핏 기억난다.

그날 극장에서 처음으로 본 영화가 바로 홍콩 액션의 골든 트리오라 불리는 성룡, 홍금보, 원표 주연의 〈쾌찬차〉였다. 첫 키스나 첫 섹스 정도를 빼면, 그때만큼 강렬한 경험은 없었던 것 같다. 영화를 보는 내내 정말 단 1초도 재미없는 순간이 없었다. 이런 생각밖에 안 들었다. '영화라는 것이 이렇게 재미있는 건가? 평생 영화만 보면서 살고 싶다! 아 황홀하다!'

극장에서 나온 뒤에도 영화 생각밖에 안 났다. TV에서 봤던 이소룡 영화를 떠올리며 형에게 물어봤다. "형아! 이소룡이랑 성룡이랑 싸우면 누가 이기노?" 형의 진지한 대답이 걸작이었다. "보통은 이소룡이 이기는데, 취권을 쓰면 성룡이 이긴다."

〈쾌찬차〉를 시작으로, 나는 새로운 영화가 걸릴 때마다 형을 졸라 극장을 들락거렸다. 만화영화를 빼면 다 재미있었다. 특히 성룡 영화는 정말 꿀맛이었다. 찍기도 많이 찍어서 영화 편수가 어마어마했지만, 아직까지 〈쾌찬차〉만큼 재미있는 성룡 영화는 본 적이 없다. 역시 추억은 힘이 세다.

네이버 영화 소개 줄거리를 간단히 인용하면 이렇다. 데이비드(원표 분)와 토마스(성룡 분)는 이동차 간이식당 쾌찬차를 운영하며 스페인에서 살아간다. 그러던 어느 날 두 사람은 공주처럼 우아하고 아름다운 실비아(로라 포너 분)를 만나 첫눈에 반하지만 실비아가 창녀에다 소매치기라는 사실을 알고 충격을 받는다. 한편 사립 탐정 사무실에서 일하는 모비(홍금보 분)는 한 고객의 의뢰로 거금을 받고 실비아를 찾기 시작하는데, 정체를 알 수 없는 사나이들도 실비아를 납치하려 한다. 모비는 친구인 데이비드와 토마스에게 도움을 청하게 되고, 오래전에 헤어진 실비아의 아버지가 그녀에게 막대한 유산을 남겼다는 사실을 알게 된다. 실비아의 삼촌은 유산을 가로채기 위해 음모를 꾸미고, 모비 등은 그의 하수인들과 맞서 싸워 승리를 거둔다. 실비아는 졸지에 귀족으로 변신하지만 다시 옛 친구들을 찾아간다.

정말 끝내주는 스토리 아닌가? 스토리도 스토리지만 이 영화의 노른자는 액션이다. 말로 액션을 설명할 수 없으니 네티즌들의 영화평을 몇 개 인용해본다. "〈본〉 시리즈와 견주어도 될 만한 액션의 향연.(kkal****)" "젊을 때라 그런지 성룡 원표의 액션이 지금보다 훨씬 유연하면서도 절도 있고 빠르다. 아기자기한 초중반부를 지나 후반부 액션 신의 무게감은 엄청나다.(lwj0****)" "성룡 영화 100편 이상 전부 다 봤지만 진짜 이게 최고다…. 진짜 최고다.(appl****)" 이 정도다. 나만 재미있게 본 게 아니다. 이러니 울진극장에서 더 재미있는 영화를 볼 수 없었던 것이 당연하지.

울진극장은 얼마 가지 못하고 문을 달았다. 이유는 너무나도 당연히 수지타산이 안 맞아서. 그놈의 수지타산 때문에 아직까지도 울진에는 극장이 없다. 서울과 면적이 비슷한 자치도시에 극장이 하나도 없다는 사실이 실화? 실화다. 자본이 없는 곳엔 문화도 없다고 말한다면 너무 비정한가? 슬프지만 사실이다.

돌이켜보면 울진극장의 황홀하고 충격적인 경험이 아니었다면 나는 영화 시나리오를 쓰지도, 최장수 영화 팟캐스트를 하지도, 이렇게 영화 에세이를 쓰지도 못했을 거다. 어린 시절의 자극과 경험이란 이토록 큰 영향을 준다.

아, 사촌형의 음반 가게에서는 음악을 틀어봤냐고? 초등학교 6학년 때 나는 서울로 올라왔고 명절 때나 울진을 찾았다. 그리고 중학교 1학년 때, 드디어 목마레코드의 턴테이블에 내가 직접 고른 레코드판을 올리고 내 손으로 노래를 틀 수 있도록 사촌형이 허락해주었다. 나는 신디 로퍼의 노래도 틀고, 아하의 노래도 틀었다. 내가 튼 노래들이 울진 거리에 울려 퍼지던 순간을 잊을 수 없다. 고백하건대, 방송국 피디로서의 꿈과 소양은 바로 그 순간 발아를 시작했다. 그리고 결국 꽃도 피우고 열매도 맺었다.

하지만 울진극장이 그랬듯이 사촌형의 목마레코드도 오래가지 못했다. MP3의 등장과 함께 전국적으로 음반 가게는 아예 자취를 감추었고 목마레코드도 목마노래방으로 업종이 바뀌었다가, 결국은 박인환의 시처럼 주인을 버리고 숙녀를 태운 채 떠나가버렸다. 그리고 '똘똘한 사촌동생'에게 팝음악을 알려주고 극장 구경을 시켜주고, 그가 줄 수 있는 모든 것을 베풀어준 형은 점점 더 늙고 외로워졌고 다리도 더 안 좋아진 채로 지금도 시골 마을의 작은 방에 홀로 머물고 있다.

형을 떠올릴 때마다 늘 빚진 기분이다. 그런데 명절 때 내려가 고작 용돈이나 주는 것 외에, 어떻게 빚을 갚아야 할지도 모르겠다. 이 책이 나오면 바로 이 챕터를 곱게 접어 들고 울진에 내려가서 전해줘야지. 울진극장이 있던 자리에 지금 들어와 있는 허름한 시골 호프집에서 거나하게 같이 취해야겠다. 기다려, 형!

그러니
우리 쫄지 말자

*
*
*

베테랑

　역대 영화 흥행 순위와 내 마음의 영화 순위가 완벽히 일
치하는 사람이 몇 명이나 될까? 그런 사람이 있다면 적어도
영화에 있어서만큼은 무척이나 대중적인 취향을 가진 사람
이라고 할 수 있겠다. 이 글을 읽고 있는 독자들 중에 자신이
그런 사람이라고 생각되는 분이 있다면, 꼭 이메일을 주기
바란다. 당신의 대중적 감각을 사고 싶으니까!

　역대 흥행 순위 TOP10을 살펴보면, 내 인생의 영화 TOP10
에 들어 있는 영화는 단 한 편도 없다. 그나마 〈괴물〉이 12위
에 들어 있어 다행이랄까. 이번 챕터에서 이야기할 영화 〈베
테랑〉도 내 인생의 영화 TOP10에는 없다. 하지만 이재익의
리스트에 있고 없고가 뭐가 중요한가? 이제부터 이야기할 영
화 〈베테랑〉은 내 리스트에는 없지만 〈명량〉, 〈국제시장〉에
이어 역대 흥행 순위 3위에 당당히 이름을 올리고 있는 무지

막지한 흥행작이다.

이 영화가 당당히 관객 천만 명 고지를 넘었던 순간을 기억한다. 제작진도, 배급사도, 홍보대행사도 예상하지 못한 스코어였다. 우리 팟캐스트에 나와 무척 긴 시간 함께 이야기를 나누었던 류승완 감독은 내심 예상했을까? 바라기는 했겠지?

도대체 어떤 힘이 〈베테랑〉의 미친 흥행을 이끌었을까? 유아인, 황정민 콤비의 막강 캐스팅? 더 막강한 캐스팅으로도 망한 영화 많다. 류승완 감독의 네임 밸류? 이 정도는 아니지. 적어도 〈베테랑〉을 개봉할 때는 '천만 흥행 감독'의 포스는 아니었다. 애국심 마케팅? 그건 〈명량〉이고 〈국제시장〉이지. 감동코드? 그건 〈7번 방의 선물〉 얘기고.

내 나름의 답은 '통쾌함'이다. 영화를 보면서 속이 시원해지는 기분. 그리 얻기 힘든 답은 아니었겠지. 이 글은 답을 얻기까지의 풀이 과정이 되겠다.

이 영화는 폭주기관차처럼 제멋대로 사는 재벌 2세와 정의감 넘치는 열혈 형사와의 대결을 그린 영화다. 권력과 돈 앞에서 느슨해지는 시스템 속에서 마음껏 악행을 저지르며 살던 조태오(유아인 분)의 앞에 협박도 회유도 도통 안 통하는 서도철(황정민 분) 형사가 나타난다. 일개 형사인 서도철은 수많은 수행원을 거느린 조태오에게 겁먹지 않고 수사망을 좁혀간다. 결국 조태호는 마약 파티를 벌이던 중 급습한 경찰을 피해 도로로 쫓겨 나와 검거된다. 엄청난 추격전 끝에, 수 많은 시민들이 핸드폰으로 현장을 촬영하는 가운데.

그런데 여기서 재미있는 장면이 연출된다. 서도철 형사와 격투신을 벌이다가 도망가려는 조태오를 한 이름 없는 시민 (마동석 분)이 막아서는 것이다. 자기 앞을 가로막은 '평민'을 보고 조태호는 황당해하며 묻는다. 네가 뭔데 감히 내 앞을 막느냐고. 그때 돌아오는 대답. "나 저기 아트박스 사장인데."

우리는 은연중에 이런 생각을 한다. 재벌이나 권력자들은 범법 행위로 잡혀가도 결국 유야무야 풀려날 거라고. 그 '유 야무야'를 '꼼짝없이'로 만드는 힘이 바로 시민들의 눈이다.

조태오를 잡은 것은 열혈 형사 서도철이지만, 잡힌 조태호를 철벽같이 가둔 것은 현장을 구경하던 수많은 시민들이었다. 너도나도 손에 든 핸드폰이 마치 감방 벽처럼 조태오를 가둔 장면은 내가 꼽는 〈베테랑〉의 최고 명장면이기도 하다.

아마 영화 속에서 아트박스 사장을 밀치고 조태오가 도망 가려 했다면 옆집 아딸 떡볶이 사장님이 잡았을 테다. 그 손 마저 뿌리치고 도망가려 했다면 데이트 중이던 젊은이들이 제압했을 테지. 그리고 그 현장은 고스란히 인터넷에 공개되 어 도주의 증거로 쓰였을 것이다.

SNS는 기존 언론과 더불어 우리 사회의 감시기능을 자연 스럽게 부여받았다. 물론 부작용도 적지 않지만, 묻힐 뻔했던 악행이 네티즌을 통해 드러나고 여론이 모여 실질적인 수사와 처벌까지 이끌어낸 경우가 한두 번이 아니다. 심지어 결정적인 증거를 제공하기도 했다. 네티즌 수사대라는 말이 괜히 나온 게 아니다. 일반 시민들도 불의 앞에서 기자나 형사가 될 수 있는 세상이다.

그러니 쫄지 말자. 나쁜 놈이 있으면, 그놈이 재벌 2세든 권력자의 자녀든 쫄지 말고 막아서자. 네가 뭔데 나를 막느냐고 묻거든 당당하게 답하자. 아트박스 주인이라고, 분식집 아줌마라고, 642번 버스 기사라고, 역삼동 가라오케 웨이터라고. 이 영화를 볼 때 통쾌함은 바로 이 지점에서 나온다. 황정민이 연기했던 형사 서도철과 그 주위로 결집한 시민들의 승리! 대단한 영웅이 아닌 우리가, 우리 이웃이 거악을 처단했다는 뿌듯함.

이제 영화 밖으로 나와 우리의 현실을 보자. 재벌가의 갑질 이슈가 나올 때마다 상징처럼 떠오르는 대한항공 조현아 전 부사장의 땅콩 회항 사건을 복기해보자. 사건 당시의 정황과 그 이후 수사 과정, 처벌 과정까지 분노와 관심을 갖고 지켜본 시민들이 아니었다면 실형으로까지 이어질 수 있었을까? 특혜를 받으면서 수감 생활을 했다는 논란이 있긴 하지만, 우리들이 무심하게 있었다면 실제 수감까지 가지 않고 유야무야 넘어갔을 가능성이 크다.

권력자도 마찬가지다. 박근혜 정권의 미친 가면극을 조기

에 막 내리게 한 힘 역시, 이제는 하도 많이 들어서 진부하게
까지 느껴지는 표현 '깨어 있는 시민들의 조직된 힘'이었다.
바로 그 힘이 우리 역사에 가장 자랑스럽고 통쾌한 순간을
이뤄낸 것이다. 영화 〈베테랑〉의 핸드폰 장벽 신은 일종의
예언이었을까? 핸드폰을 촛불로 바꾸고 조태오를 박근혜-최
순실 일당으로 바꾸면 영화와 현실이 완벽하게 치환된다. 류
스트라다무스!

　이렇게 감격적으로 글을 마무리하면 좋겠으나, 분위기 깨
는 고백을 덧붙여본다. 이미 팟캐스트와 여러 지면에서 밝
힌 바, 나는 지독한 개인주의자다. 개인주의란 무엇인가? 이
기주의와 무엇이 다른가? 개인주의의 사전적 뜻은 이러하다.
개인의 존엄, 가치, 권리 등을 중시하는 사상으로 국가나 집
단보다 개인을 우선시한다. 개인의 자유와 권리가 다른 개인
의 자유 및 권리 그리고 사회적 가치를 침해하지 않는다면,
그 자유와 권리를 제한 없이 행사하는 것을 옹호한다. 내가
그렇다.

　그런데 곰곰이 생각해보면, 넓은 의미에서 개인의 자유와
권리가 다른 개인의 자유와 권리, 혹은 사회적 가치와 충돌
하는 경우는 비일비재하다. 오히려 충돌하지 않는 경우가 별
로 없다. 그러므로 아무리 변명하려고 해도, 개인주의자는 종
종 이기적인 말과 행동을 할 수밖에 없다. 돌아보면 나 역시

자주 그래왔고 지금도 그렇게 살고 있다.

항상 자유를 갈구하는 나는 '조직'이라는 표현 자체에 거부감이 있다. 조직 속의 개인은 크건 작건 자유에 제한을 받을 수밖에 없기에, 난 늘 충실하지 못한 조직원이었다. 한 가정의 가장으로서도, 한 회사의 사원으로서도, 친구 집단에서도, 국민으로서도 늘.

정말 다행히도, 가족들도 나의 방종을 지금껏 참아주었고 직장에서도 나의 과외활동(?)을 20년 가까이 용인해주었다. 친구들도 마찬가지. 모임에는 코빼기도 비치지 않고, 연락을 씹는 일이 다반사인 나를 참 꾸준히도 초대하고 불러내준다. 건방지게도 내 태도는 변함이 없다. 미안하고 고마운 건 맞지만, 그렇다고 조직적인 구성원이 될 생각은 여전히 없다. 조직에서 쫓겨난다 해도 어쩔 수 없다. 영화 〈베테랑〉을 보고 나서도, 촛불집회에 직접 나가본 경험을 하고서도 나의 성향은 크게 바뀌지 않았다.

다만 부채의식은 지니려고 한다. 별로 깨어 있지도 않고, 전혀 조직적이지 않은 불량시민으로서의 부채의식이다. 나를 대신해 악당을 막아선 아트박스 사장님에게. 그리고 조직적으로 스크럼을 짜고 악을 가둬버린, '깨어 있는' 시민들에게 진심으로 고맙고 또 미안하다.

당시 팟캐스트에 류승완 감독이 나왔던 기억을 되살려본

다. 두 가지가 기쁘다고 하더라. 하나는 고생한 스태프들에게 제대로 된 보상을 해줄 수 있어서 좋고, 두 번째로는 앞으로 더 좋은 영화를 더 잘 찍을 수 있는 힘이 생겨서 좋다고. 나도 기뻤다. 이렇게 생각하는 감독에게 흥행의 열매가 돌아가서.

역시 류승완 감독을 만나서 들었던 여담 하나. '나 아트박스 사장인데'라는 명대사는 배우 마동석 씨가 현장에서 생각해낸 대사였단다. 촬영을 몇 시간 앞둔 상황이라 아트박스 본사 측과 연락하는 데 진땀을 뺐다고. 뜻하지 않은 광고 효과에 본사에서는 흐뭇한 미소를 지었으려나? 마동석이 예쁜 볼펜 세트를 들고 활짝 웃고 있는 광고를 볼 줄 알았는데 아쉽다.

세상 널린 것이 사랑이라지만

*
*
*

첨밀밀

세상에 널린 것이 사랑이고 그만큼 흔한 것이 멜로영화다. 안타깝게도 대부분의 멜로영화는 그저 그런 수준이다. 우리는, 적어도 나는 적지 않은 연애를 해봤는데 대부분의 멜로영화들은 내가 실제로 경험했던 연애보다 시시하더라. 그런 이유로 좋은 멜로영화는 참 만들기 어렵다. 너도나도 하는 것이 연애일진대, 돈 주고 아까운 시간을 들여 남의 연애를 감상하고 싶을 정도로 잘 만들어야 하니까.

그럼에도 불구하고 잘 만들어진 멜로영화의 감동은 다른 어떤 장르의 영화보다 오래간다. 끝내주는 공포영화를 봤을 때의 쾌감과 끝내주는 멜로영화를 봤을 때의 여운, 어느 쪽이 더 오래가는지를 생각해보라.

〈첨밀밀〉은 내가 지금껏 본 멜로영화 중에서 가장 오랜 여운을 준 영화다. 가장 많이 다시 본 영화이기도 하다. 매년 연말이면 혼자 술을 마시면서 이 영화를 본다. 일종의 의식이기도 하다. 언제부터 이런 의식을 시작했는지는 모르겠으나, 이미 너무 오래 치러온 의식이라 이제 와 그만하기도 어려울 듯하다.

이 영화에 대해서는 팟캐스트 씨네타운 나인틴에서도 워낙 언급을 많이 했다. 그러면서도 대체 왜 〈첨밀밀〉을 그토록 좋아하는지 제대로 말할 기회는 없었던 것 같다. 혹은 말해놓고도 오래되어 잊어버렸거나. 그래서 지금 이 지면을 빌어 〈첨밀밀〉에 대한 나의 애정을 마음껏 표현할 수 있어 감개무량하기까지 하다.

누가 나에게 왜 이렇게 〈첨밀밀〉을 좋아하느냐고 물으면 이렇게 대답하고 싶다. '사랑이 무엇인지 깨닫게 해준 영화'라고. 그리고 '등려군이라는 가수를 알게 해준 영화'라고.

먼저 사랑 타령을 좀 해볼까. 영화 평론가들이 〈첨밀밀〉에 대해 어떻게 평하는지는 모르겠다. 감독인 진가신이 밝힌 연출의 변이 무엇이었는지도 기억나지 않는다. 다만, 나는 이 영화가 '가장 이상적인 사랑의 형태를 보여주고 있다'고 찬사를 보내고 싶다.

주인공인 소군(여명 분)과 이교(장만옥 분)의 사랑은 이러하다. 끝나지 않는 사랑. 헤어져도 또 만나게 되고 아무리 세월이 지나도 열정이 되살아나는, 그런 사랑. 멋진 모습도 못

난 모습도 모두 끌어안는 사랑. 서로를 보기만 해도 절로 미소가 나오는 사랑. 감미롭고, 따스하며, 열정적이고, 때론 파괴적이고, 동시에 헌신적이다. 그렇다. 소군과 이교의 사랑은 참으로 대단하다. 연애지상주의자인 나도 이 정도의 사랑은 못 해봤다. 할 수 있을 거란 꿈만 갖고 있을 뿐.

이 영화에서는 남녀 주인공 외의 조연들도 자기 나름의 사랑을 한다. 딱 한 번 만나 같이 밥을 먹은 할리우드 배우 윌리엄 홀덴을 평생 그리워하며 사는 포주 할머니(소군의 고모)의 사랑, 에이즈에 걸린 창녀를 향한 미국인 영어 강사의 사랑, 결혼 생활 내내 아내 이교가 다른 남자인 소군을 잊지 못하고 있다는 걸 알면서도 너른 품으로 눈감아주는 조폭 보스의 사랑…. 모두 다 눈물겹다.

남편 소군이 다른 여자인 이교를 사랑한다는 사실을 알게 된 소군 아내의 반응은 어떤가? 처음에는 분노하고 부정하고 질투하고 남편에게 매달리지만 결국 그를 놓아준다. 실제 현실에서 그런 상황에 놓인 입장이라면 마냥 로맨틱하게 보일 수 없겠지만, 적어도 이 영화 속에서만큼은 그녀의 말과 행동 다 애틋하다. 지금 와서 생각해보면 영화 속 어느 인물의 사랑 이야기도 영화로 만들 수 있을 것 같다.

그래서 〈첨밀밀〉은 더욱 대단하다. 비록 누추하고 비난받을지라도 사랑은 어쨌든 사랑이라고, 영화 속의 인물들은 담담하게 보여주고 있다. 보는 이들의 마음은 결코 담담하지

않고 격정적으로 출렁이지만. 〈첨밀밀〉은 음식으로 치면 단품 요리가 아니라 진수성찬이다. 이 반찬도 맛있고 저 반찬도 맛있는 것처럼, 이 사랑도 예쁘고 저 사랑도 예쁘다. 무릇 사랑은 그런 마음가짐으로 봐야 한다는 것이 이 영화를 통해 얻은 깨달음이다. 물론 나는 소군이 되고 싶고 소군처럼 끈질기게 사랑하고 싶다. 그래서 가끔 여명을 닮았다는 소리를 들을 때마다 황송하도록 기쁘다.

사랑 타령은 이쯤 하고 등려군 이야기를 해보자. 국내외 상황 때문에 생전에는 전혀 이름이 알려지지 못했던 등려군이 뒤늦게나마 우리나라에 알려진 계기가 바로 이 영화 〈첨밀밀〉이니.

등려군은 1953년 타이완에서 태어났다. 10대 중반의 어린 나이에 인기 드라마의 주제가를 부르며 대중에 이름을 알리기 시작했다. 타이완과 홍콩을 중심으로 싱가포르, 말레이시아 지역에서 활동했고 스무 살이 되던 해부터 일본 활동도 시작했다. 이처럼 아시아 전역에서 활발하게 활동했지만 우리나라에는 알려지지 않았다. 그녀가 한창 활동하던 1970~80년대에 우리나라의 상황 때문인 듯하다. 문화적으로 몹시 폐쇄적이던 군부정권 하에서 일본 대중음악도 음성적으로만 전해지던 시기였으니까.

등려군은 천안문 사건 반대 집회 등 중국 민주화운동에도 참여했지만, 1980년대 후반부터는 홍콩으로, 또 파리로 거주지를 옮기면서 모습을 감추었다. 섬뜩하게도 겨우 30대 중반이던 1990년 즈음부터 등려군이 죽었다는 루머가 주기적으로 돌기 시작했다. 그러다 결국 1995년 5월, 치앙마이의 한 호텔에서 진짜로 사망했다. 향년 42세. 타이베이에서 국장급의 장례가 치러졌고 전 세계 3만여 팬들이 몰렸다. 타이베이 시 동북에 자리하고 있는 그녀의 묘에는 음향장비가 설치되어 그녀의 노래가 끊임없이 흐르고 있다고 하니, 타이완에 갈 일이 있으면 꼭 들러야겠다.

이 영화에서 남녀 주인공인 소군과 이교의 연애사와 등려군의 노래는 씨줄과 날줄처럼 촘촘히 엮여 영화를 수놓는다. 그저 영화 속에서 노래가 나오는 정도가 아니다. 두 사람은 등려군의 테이프를 파는 장사를 하기도 하고 길거리에서 등려군을 만나기도 한다. 이 장면에서 등려군이 카메오로 출연했다고 아는 사람들도 많은데, 실은 다른 배우가 등려군을 연기한 것이다.

당연히 등려군의 노래는 영화에서 사랑의 감정이 최고조에 달했을 때 흐른다. 앞에서 말한, 등려군을 길거리에서 실제로 만나는 신은 남녀 주인공들이 각자 다른 배우자와 결혼해 살다가 재회하는 장면인데, 이때 '굿바이 마이 러브再見, 我的愛人'가 깔린다. 그들이 행복한 사랑의 순간을 즐길 때는 영화 제목과도 같은 '첨밀밀甛蜜蜜'이 함께하고, 영화 전체의 클라이맥스라고 할 만한 엔딩 시퀀스에서는 '저 달이 내 마음을 대신해요月亮代表我的心'가 흐른다.

등려군 없는 〈첨밀밀〉은 상상할 수 없다. 〈첨밀밀〉 없는 등려군 역시 상상할 수 없다. 지금도 영화를 볼 때마다 등려군의 노래 선율이 절로 귓가를 맴돌고, 등려군의 노래를 들을 때마다 여명과 장만옥의 사랑스러운 눈동자가 눈앞에서 빛나는 착각에 빠지곤 한다.

이 영화가 실로 사랑의 향연이라고 찬사를 보냈는데 등려군의 노래 역시 마찬가지다. 그녀의 애절한 목소리를 듣고 있노라면, 그야말로 사랑밖에 모르는 여자가 부르는 노래 같다. 그녀가 사망할 즈음 열네 살 어린 연인과 동거하고 있었다는 점을 보면, 만만찮은 사랑꾼이셨던 것 같아 괜히 기쁘다. 헤헤.

어떤 이는 불굴의 의지를 영혼의 본질이라고 하겠지. 어떤 이는 정의의 추구, 어떤 이는 자신감을 꼽을 수도 있을 거다. 나는 사랑하는 마음이야말로 영혼의 본질이라고 생각한다. 이런 생각은 등려군만큼 내가 좋아하는 낭만주의 시인 존 키츠의 시구절에 잘 표현되어 있다. 요절치고도 너무 심하게 요절한, 스물다섯 살의 나이에 생을 마감한 시인은 이렇게 노래했다. '빛나는 별이여, 내가 너처럼 변치 않는다면 좋으련만Bright Star, would I Were Steadfast as Thou Art'이라는 시의 마지막 부분을 보자.

아름다운 내 연인의 풍만한 가슴에 기대어,
가슴이 부드럽게 오르내리는 것을 영원히 느끼면서,
그 달콤한 동요 속에서 영원히 잠 깨어,
평온하게 움직임 없이 그녀의 부드러운 숨소리를 들으면서,
그렇게 영원히 살았으면-아니면 차라리 정신을 잃고 죽기를.

반드시 연인의 가슴이 풍만할 필요는 없겠으나, 여하튼 나역시 그렇게 생각한다. 사랑하는 이의 체온과 호흡을 느끼며 살지 못할 바에는 차라리 죽겠다는 시인의 결기에 박수를 쳐주고 싶다. 그치, 이 정도는 되어야 사랑꾼이지.

어느 먼 훗날, 달빛 은은한 밤에 등려군의 '저 달이 내 마음을 대신해요'를 들으면서도 마음이 촉촉해지지 않는다면, 그날이 내 자신의 영혼에 사형선고를 내리는 날이 될 것이다. '꼰대야, 너는 이제 끝났어.'
노래를 듣지도 않고, 영화를 보지도 않고 이렇게 글을 쓰는 것만으로도 눈시울이 젖어오는 걸 보니, 아직 이 아저씨의 영혼은 건강한가 보다. 휴우.

나의 존재가
미약하게 느껴질 때

*
*
*

인터스텔라

영화 〈인터스텔라〉가 개봉했을 때는 크리스토퍼 놀란 감독에 대한 기대치가 최고조에 달해 있을 때였다. 몇 년 사이에 〈다크 나이트〉와 〈인셉션〉 그리고 〈다크 나이트 라이즈〉까지, 작품성과 흥행성 두 마리 토끼를 다 잡아내며 세 편의 블록버스터 영화를 연이어 만들어냈으니까. 이어서 〈인터스텔라〉까지 성공하면서 크리스토퍼 놀란 감독은 이 시대 최고의 감독으로 우뚝 섰다.

사실 처음에는 이 영화가 썩 마음에 들지 않았다. 이미 영화가 좋아져버린 지금은 잘 기억나지 않지만, 첫 만남에서는 거슬리는 지점들이 적지 않았던 것이다. 그래서 팟캐스트 씨네타운 나인틴에서도 별로 좋은 얘기는 안 했다. 놀란 감독의 영화들 중에서 순위를 매기자면, 〈인셉션〉, 〈다크 나이트〉, 〈메멘토〉, 〈다크 나이트 라이즈〉…, 한참 밀렸다. 그런데 1년쯤 있다가 IPTV로 이 영화를 다시 보니 꽤나 재미있었다. 바로 이어서 〈메멘토〉를 찾아봤는데 〈인터스텔라〉가 더 재미있었다. 그다음에 한 번 더 아들 녀석과 함께 봤는데 세 번째가 더 재미있더라. 뭐지? 그래서 결국 이 영화는 내가 〈인셉션〉에 이어 두 번째로 좋아하는 놀란표 영화가 되었다.

무려 세 시간을 육박하는 러닝타임에, 깊게 들어가자면 전공자나 이해할 법한 천문학·물리학 지식이 숨어 있는 진지한 영화임을 감안하면 이토록 재미있다는 사실 자체가 놀랍다. 흥행 결과도 그렇고. 우리나라에서만 천만 명이 넘게 이 영화를 봤다고 한다.

마침 영화가 개봉하고 얼마 안 있어서 총알보다 18배나 빨리 날아가는 혜성에 탐사선 로제타호가 착륙하는 실제 상황도 벌어졌다. 그 후 영화에 대한 관심은 더 뜨거워졌고 우주에 관한 이런저런 기사들이 기다렸다는 듯 쏟아져 나왔다. 내가 기억하는 한, 76년에 한 번 지구 근처로 오는 헬리 혜성이 다가왔던 때를 제외하면 〈인터스텔라〉가 개봉했을 때만큼 사람들이 우주에 관심을 가진 시기는 없었다. 그야말로 천문학의 대중적 전성기였다.

전작인 〈다크 나이트〉 시리즈나 개인적으로 놀란 감독의 최고작으로 꼽는 〈인셉션〉이 그랬듯 〈인터스텔라〉에서도 곳곳에 근사한 명대사가 빛난다. 그중에서 하나. "지구의 끝이 우리의 끝은 아니야."

이 대사처럼 주인공들은 지구가 아닌 다른 거주지를 찾아 우주를 여행한다. 목숨을 걸고. 일견 이 영화가 우주과학기술의 향연으로 보일 수도 있지만, 사실 주인공의 불가능한 미션(거주 가능한 행성을 찾는)을 가능케 해주는 힘은 과학기술이 아니라 딸에 대한 사랑이다. 지구에 남아 있는 딸에 대한 사랑이 과학의 한계를 넘어서고, 영화 안의 이론적 허술함을 채운다. 주인공이 무한한 공간과 시간을 넘나들 수 있는 힘은 물리학으로 계산된 힘이 아니라 진부하기 짝이 없는 아빠의 사랑이다.

처음에는 그래서 싫었다. 우주를 누비는 심도 깊은 실험과 모험으로 날아가던 영화가 갑자기 사랑이라는 낙하산을 펴고 추락하는 기분이었다. 그런데 두 번, 세 번을 보다 보니 생각이 달라졌다. 우리의 무지를 인정하는 동시에 사랑의 힘을 인정하게 되어서다.

어차피 우리는 우주에 대해 1도 모른다. 일찍이 뉴턴이 이렇게 말하지 않았던가. 자신은 바닷가에서 놀고 있는 소년일 뿐이라고. 거대한 진리의 바다는 아무것도 가르쳐주지 않으며 그저 앞에 펼쳐져 있을 뿐이라고. 사람들이 위대한 과학적 발견이라고 하는 것들도 바닷가에서 놀다가 가끔 주운 자그마한 돌과 예쁜 조개에 지나지 않는다고.

정말 그렇다. 우주가 대양이라면 우리는 바닷가에 선 꼬마다. 우리가 보고 만질 수 있는 건 파도 거품과 조개껍질 정도. 어린아이들도 들어본 적 있는 '블랙홀'의 존재조차도 우린 제대로 본 적이 없다. 영화 〈인터스텔라〉에 묘사된 블랙홀조차도 짐작일 뿐이다. 실제 블랙홀은 전혀 다르게 생겼음이 분명하다.

크리스토퍼 놀란 역시 이런 한계를 인정하고 천체물리학과 전혀 상관없는 사랑의 개념을 의도적으로 끌어왔다고 한다면 지나친 해석일까? 그의 영화들 중에서 〈인터스텔라〉만큼 보편적인 시선으로 사랑을 다루는 영화는 없다. 내가 놀란 감독을 그다지 인정하지 못하는 이유 중 하나가 사랑이라는 감정을 제대로 다루지 못하는 것 같아서였는데, 이 영화에서만큼은 다르다. 그는 우주에서 가장 절대적인 두 가지 힘인 시간과 중력에 사랑의 힘을 더해 3차원의 세계를 구현해냈다. 유치하게 들리지만, 이 긴 영화를 한 줄로 요약하자면 '시간과 중력을 거스르는 사랑의 힘'이 아닐까.

누가 물어도 항상 추천 도서 목록 1호로 꼽는 책 칼 세이건의 《코스모스》도 〈인터스텔라〉와 같은 맥락으로 읽힌다. 방대한 분량의 이 책을 외우기라도 할 태세로 수없이 반복해서 읽는데도 나는 종종 소름이 돋을 만큼 짜릿해지곤 한다. 가장 큰 울림을 주는 대목은 언제나 같다. 바로 책의 첫 페이지. 이렇게 적혀 있다. "광대한 우주, 그리고 무한한 시간. 이

속에서 같은 행성, 같은 시대를 앤과 함께 살아가는 것을 기뻐하면서."

앤이라는 사람은 저자인 칼 세이건의 아내다. 평생 광대한 우주와 무한한 시간을 연구했던 위대한 천문학자는 결국 우리의 인연이 얼마나 놀라운 기적인지를 깨달은 듯하다. 책에는 이런 내용도 나온다. 우리가 언뜻 생각하기로 우주엔 별과 행성들이 가득할 것 같지만 사실 우주의 대부분은 아무것도 없는 텅 빈 공간이라고. 우리가 우주 어딘가로 내팽개쳐졌을 때 어떤 별 근처에 떨어질 확률은 1을 분자로 하고 0을 33개 붙인 수를 분모로 한 확률과도 같단다. 확률이라고 부를 수도 없는, 0이나 마찬가지인 그 숫자가 우리가 지구라는 행성에 태어난 사건의 확률이며 내가 너를 만난 확률이다.

불교에서 말하는 인연의 의미도 비슷하다. 백 년에 한 번씩 내려오는 선녀의 치맛자락에 스쳐서 큰 바윗덩어리가 모두 닳아 없어질 만큼의 시간이 지나야 나는 너를 만날 수 있다 했다. 과학적으로도 종교적으로도 우리의 인연은 그 자체로 기적이라 하겠다. 이선희의 노래 '그중에 그대를 만나'는 이 지점을 정확히 포착해 노래한다. "별처럼 수많은 사람들 그중에 그대를 만나 꿈을 꾸듯 서로를 알아보고. 주는 것만으로 벅찼던 내가 또 사랑을 받고. 그 모든 건 기적이었음을…'

그래서 나는 이별을 거부한다. 연인 사이든 친구 사이든 다신 안 볼 것처럼 헤어지는 방식에 대해 의문을 제기한다. 0이

나 마찬가지인 확률로 만난 사이, 선녀의 치맛자락에 바위가 닳아 없어질 만큼의 시간이 흘러야 만날 수 있는 사이인데, 어떻게 칼로 무 자르듯 잘라버린단 말인가? 열정이 식는다 해도, 짐이 된다고 해도, 심지어 다른 사람이 생긴다 해도, 헤어지지 않았으면 좋겠다. 최소한 다신 안 볼 것처럼 헤어지지는 않았으면 좋겠다. 물론 과거를, 과거의 인연을 정리하지 않으면 새로운 인연에 충실할 수 없다며 반론을 제기하는 사람도 있겠지만, 내 생각은 언제나 그랬고 '다신 보지 말자'라는 말도 해본 적이 없다.

　단순히 누군가를 만나는 것도 기적이라고 할 만하지만, 서로에 대한 사랑의 크기가 같은 경우는 더욱 찾기 어렵다. 연애의 운동장은 늘 기울어져 있다. 서로를 다른 크기, 다른 방식으로 좋아하고 또 미워한다. 연애의 리듬, 연애의 긴장은 거기서 나온다. 그게 정상이다.

　심지어 사랑의 결실이라고들 말하는 결혼식장에서조차 신랑과 신부가 서로에 대해 갖는 사랑의 크기와 방식은 다른 경우가 많다. 한쪽은 안정과 여유를 바라는데, 다른 한쪽에서는 뜨거운 열정이 더 오래 지속되기를 바랄 수 있다. 한쪽에서는 결혼이 절실한데, 다른 한쪽에서는 해도 그만 안 해도 그만일 수 있다. 한쪽에서는 결혼이 도전인데, 다른 한쪽에서는 도피처일 수도 있다.

수많은 합의 끝에나 이를 수 있는 결혼을 앞둔 커플마저도 이렇게 서로 입장이 다른데 보통의 연인이나 결혼한 지 한참 되는 부부들은 얼마나 다를까? 그러니 서운할 수밖에.

'내가 널 좋아하는 것만큼 넌 날 안 좋아하는 것 같아'라는 말을 흔히 한다. 서로가 서로를 똑같은 마음으로 사랑하는 운명의 짝이 있기는 할까? 서로 똑같이 좋아한다는 건 기적 중에 기적 맞다.

그런데 좀 더 생각해보면 이런 생각에 다다른다. 평생 기적만 바라고 살 건가? 모세도 아닌데 바닷가에서 바다가 갈라지길 기다릴 텐가? 우리 그러지 말자. 내가 좀 더 많이 사랑해도 억울해하지 말자. 내 마음이 더 급해도 보채지 말자. 상대가 나보다 더 뜨거움을 이용하지 말고, 상대가 나보다 차갑다 해서 비난하지도 말자. 사랑의 크기와 방식이 다르더라도 서로 좋아하는 마음을 가진 상대가 있다는 사실에 감사하자. 그것만으로도, 기적은 아닐지라도 축복으로는 충분하니까.

먹고살기 힘든 세상에 손해 보면서까지 사랑을 해야 하냐며 냉소를 짓는 사람도 있을 테지. 물론 사람은 사랑 없이도 살 수 있다. 그러나 그런 삶은 공허하다. 사랑하고 사랑받고 싶은 욕구는 대체 불가능한 것이기에 사랑이 없는 빈자리는 그 어떤 재화나 관계로도 채워지지 않는다. 대체된 것으로 잠시 착각할 뿐.

크리스토퍼 놀란 감독의 영화를 이야기하면서 이토록 사랑에 대한 장광설을 늘어놓게 될 줄은…, 미리 알았다. 내가 늘 그렇지 뭐. 결국은 사랑 타령.

나의 존재가, 너의 존재가 미약하게 느껴질 때면 밤에 창문을 열고 고개를 들어보기를. 밤하늘에 반짝이는 수많은 별들은 눈으로 보기엔 무척 가까워 보인다. 지구에서도 가까워 보이고 별들끼리도 가까워 보인다. 그러나 그 거리는 빛의 속도로도 수십 년씩 걸리는 게 보통이다. 우리는 그 아득한 거리를 거스르고 0이나 마찬가지인 확률로 만난 인연이다.

영화 〈인터스텔라〉에서는 지구의 끝이 우리의 끝이 아니라고 말하지만 우리 대부분은 지구에서 끝을 맞이할 것이다. 그래도 좋다. 이게 어딘가. 그러니 오늘 밤에는 별을 보며 만끽해봐야겠다. 지구라는 풍요로운 행성에서 태어난 행운을, 그리고 너를 만난 행운을.

꼴통 아재는
어떻게 탄생했는가

*
*
*

뽕·애마부인

야하다. 섹시하다. 꼴릿하다. 각각 우리말과 영어, 비속어로서 출신 성분이 다른 이 세 개의 표현을 합치면 답이 어렴풋하게 나온다. 대체 에로티시즘이란 무엇인지.

사전적인 의미는 너무 개념적이다. '남녀 간의 사랑이나 관능적 이미지를 암시하는 경향.' 감이 오는지? 어쨌든 야한 영화, 섹시한 사진, 꼴릿한 소설 등등이 에로티시즘과 관련이 있는 것만은 틀림없다.

에로티시즘이라는 개념을 일깨워준 두 명의 선배 작가님이 계시다. 《채털리 부인의 사랑》을 쓴 영국 작가 D.H. 로렌스, 그리고 한국 문학사에서 빼놓을 수 없는 자리를 차지하고 있는 소설가 나도향이다. D.H. 로렌스와 《채털리 부인의 사랑》이야기는 지난 책에서 했으니 여기서는 나도향 이야기로 글을 시작해볼까 한다.

나도향은 서울 출생으로 본명은 나경손, 필명은 나빈이며, 도향은 호이다. 일제강점기에 활동했던 몇 안 되는 의사였던 나성연의 맏아들로 태어나, 일본에서 유학하고 우리나라로 돌아와 교사로 근무하면서 작품 활동을 했다. 여기까지 말해도 대체 나도향이 누군지 감이 안 오는 분들이 많을 텐데, 그 유명한 영화 〈뽕〉, 〈벙어리 삼룡이〉, 〈물레방아〉 등의 원작 소설을 쓴 소설가라고 하면 더 익숙할 듯하다. 겨우 20대 중반에 요절했는데, 고작 몇 년 사이에 이 작품들을 다 쏟아냈음을 볼 때 천재 작가라는 칭호를 붙여도 될 법하다.

영화화된 그의 작품, 특히 〈뽕〉 시리즈가 노골적인 에로영화로 회자되기에 야한 소설에 탐닉했던 작가로 오해하기 쉬운데 전혀 그렇지 않다. 나도향은 낭만주의와 사실주의적 경향을 심도 있게 담아냈고, 후기에는 당시 사회에 대한 날카로운 풍자와 함께 상당히 높은 경지의 토속성까지 획득했다는 평가를 받는 작가다. 교과서에까지 나올 정도이니 권위에 대해서는 더 이야기할 필요가 없겠지. 그런데 이렇게 훌륭한 작가의 소설이 왜 에로영화로 만들어지게 된 걸까?

어린 시절 내가 천착했던 고민이 있었다. 분명 골목길에는 헐벗은 여인네들이 젖가슴을 내보이는 포스터가 19금 딱지를 단 채 떡하니 붙어 있는데, 똑같은 작품이 〈한국문학전집〉에도 당당히 수록되어 있었던 것이다. 바로 〈뽕〉이었다! 그때는 이해 못 했지만 지금은 알겠다. 소설에 문학적으로 스며 있는 에로티시즘에서 '에로' 부분만 똑 떼서 마케팅 포인트로 삼은 것이다. 원작과 원작자의 권위를 빌리는 것은 덤이고.

여하튼 나는 에로티시즘이라는 단어를 들어보기도 전인 중학생 시절에, 동서양 문학사 최고의 에로티시즘 작품들을 섭렵했다. 심지어 상상 속에서 소설 속 여주인공들과 사랑을 나눴는데, 채털리 부인과 안협집 아줌마(뽕의 여주인공)는 거의 동거 수준이었다. 그야말로 물아일체적 독서였다고 할까. 크리넥스 티슈 속으로 몸을 던진 꿈 많던 정자들의 희생을 통해 이뤄진 고귀한 경험이 아닐 수 없다.

당연히 영화 〈뽕〉을 극장에서 본 적은 없다. 비디오테이프로 빌려봤다. 지금도 아름다우시지만, 당시 20대였던 이미숙의 미모란…, 정말 압도적이었다. 소설로, 상상으로 수없이 안협집을 만났지만 영화를 본 후로 '안협집=이미숙'이 되어 버렸다. 그래서 요즘도 이미숙 씨를 스크린에서 볼 때면 뜨거운 시절을 함께 보낸 옛사랑과 조우하는 것 같은 기분에 부끄러워진다.

영화 〈뽕〉은 에로영화라는 오명을 쓰고 있지만, 사실 대단한 영화다. 이 영화에는 그 시기에 한국 영화계를 대표하는 이름들이 여럿 등장한다. 태원영화사 제작, 육삼육 각본, 이두용 감독, 이대근·이미숙 주연. 지금으로 치면 CJ가 투자 제작하고, 김은숙 작가가 시나리오를 쓰고, 봉준호가 연출하고, 가장 핫한 남녀 배우가 주연을 맡은 영화라고 보면 되겠다. 이런 막강한 스태프들이 왜 에로영화를 찍었던 걸까? 설령 영화 〈뽕〉이 에로영화가 아니라 하더라도 왜 에로영화로 포장되어야 했던 걸까?

우리는 이 지점에서 1980년대의 암울한 정치 상황과 맞닥뜨리게 된다. 당시 쿠데타로 권력을 잡은 전두환의 신군부 세력은 '개돼지' 같은 백성들의 눈과 귀를 막기 위해 이른바 3S정책을 실시한다. 스포츠, 섹스, 스크린. 에로영화는 두 개의 S를 만족시킨다. 대중문화 전반에 걸쳐 서슬 퍼런 심의가 살아 있던 그 시기에 '에로영화'는 정부의 정책에 호응하면서 심의도 피할 수 있는 묘수였던 셈이다. 그렇게 1980년대는 에로영화의 전성시대가 된다.

당시 나온 영화들을 보면 제목도 참 난감하다. 〈무릎과 무릎 사이〉, 〈깊은 밤 깊은 곳에〉, 〈육체의 문〉, 〈뼈와 살이 타는 밤〉, 〈앵무새 몸으로 울었다〉…. 개인적으로 그중 최고의 제목으로 〈피조개 뭍에 오르다〉를 꼽는다. 컥! 영화는 아직 못 봤지만 제목만 봐도 다 본 것 같은 느낌이다. 〈변강쇠〉, 〈어우동〉 등등 토속적 소재를 다룬 에로영화들도 꾸준히 나왔다. 놀라운 사실은 지금은 점잖은 역할로 기품을 보여주시는 중견 배우들이 그 시절 에로영화에는 헐벗은 몸으로 등장한다는 것. 좋아서 그랬겠는가. 참 웃픈 역사다.

1980년대 에로영화에는 3S정책의 '섹스 산업'과 연계되는 소재가 무척 많았다. 유흥업소, 그곳에서 일하는 접대부 여성, 심지어 강간과 인신매매까지도 각광받는 소재가 되어 우후죽순 영화로 제작되었다. 지금 나는 무척이나 강하게 의심하고 있다. 이 시절 이런 영화들을 보며 왜곡된 성개념을 주입당한 청소년들 중에서 적지 않은 이가 지금도 여성을 섹스의 대상으로만 여기는 꼴통 아재로 자라났을 거라고. 언제나 야한 것은 문제가 없다. 우리 사회는 더 야해져야 한다. 폭력적인 것이 문제다.

영화 〈뽕〉이 이런 분위기에 적극적으로 편승한 본격 에로영화인지, 아니면 에로영화를 가장한 채 당시 사회상을 은밀히 풍자한 영화인지는 모르겠다. 다만 지금 희화화되는 것과 달리 1980년대 당시에는 작품성을 상당히 인정받은 것만은 틀림없다. 제24회 대종상영화제 특별상, 제22회 백상예술대상 영화 부문 감독상을 수상한 전력이 있다. 당연히 흥행도 대성공이었고. 이후에 2, 3편이 계속해서 나왔고, 믿어지지 않지만 지금까지도 시리즈가 제작되고 있다.

몇 년 전에 〈뽕 2014〉가 성인영화 시장에 선을 보였다. 포스터의 카피는 이러하다. '우리 마을 과부 VS. 우크라이나 새댁, 누가 더 맛날까?' 음. 역시 영화를 안 봐도 다 본 기분이다. 한 시간 만에 시나리오를 다 쓸 수 있을 것 같다. 물론 언젠가부터 〈뽕〉 시리즈에서 나도향 선생의 흔적도 사라졌다.

하늘에서 〈뽕 2014〉를 보신다면 기분이 어떨까?

  개인적으로는 〈뽕〉이 나에게 처음으로 에로티시즘에 대한 개념을 일깨워준 중요한 작품이지만, 1980년대 에로영화를 이야기할 때 단 한 편만 골라야 한다면 〈애마부인〉을 꼽지 않을 수 없다. 이 영화 역시 10편도 넘게 시리즈가 제작되었다. 후기에는 그저 제목만 빌린 작품들이 많지만, 시리즈 초반의 작품들은 영화사적 의미도 대단하다.

  〈애마부인〉 1편은 1982년에 개봉했는데 무려 1983년 한국 영화 흥행 순위 1위를 기록했다. 당시 신문기사를 보면 이런 표현도 등장한다. '종로 3가에 위치한 서울극장에는 극장 유리창이 깨질 정도의 인파가 몰려들었다'고. 극장에 걸린 기간이 무려 4개월! 주제가는 당대의 인기 가수였던 이미배가 불렀고, 최초로 심야상영을 한 영화라는 기록도 갖고 있다.

  제목과 관련해 웃지 못할 해프닝도 있다. 다들 '말을 사랑하는 부인'이라는 뜻의 '애마부인愛馬婦人'으로 알고 있지만 그렇지 않다. 심의에서 야한 뉘앙스를 풍긴다고 지적을 당해 '말 마馬' 대신 '삼 마麻'를 사용하기로 해 한자로는 '애마부인愛麻婦人'이라는 제목으로 극장에 걸렸다. 헐. 이 제목이 '대마초를 사랑하는 부인'으로 해석될 수 있다는 생각을 심의위원들은 하지 못한 걸까?

  1편의 엄청난 흥행 이후 당연히 속편들이 이어지는데 대략 20편 가까이 되는 것 같다. '애마'라는 제목의 스핀오프 시리즈들까지 합치면 더 많다. 〈집시애마〉, 〈겨울애마〉, 〈빨간애마〉, 심지어 〈드라큘라 애마〉도 있다. 왓 더! 어쩌면 곧 'SNS 애마'라는 작품이 제작될지도 모르겠다. 이런 아류작 중에서도 〈파리애마〉는 작품성과 흥행에서 좋은 성적을 거두었다. 올림픽이 열렸던 1988년에 한국 영화 흥행 순위 4위를 기록한다. 누가 뭐래도 '애마'라는 브랜드는 한국 영화 사상 가장 확실한 흥행 보증수표였던 것만은 사실이다.

안타깝게도 방대한 〈애마부인〉 시리즈는 내 취향이 아니었다. 돌이켜보면 난 꽤나 지조 있는 소년이었던 것 같다. 채털리 부인과 안협집 아줌마와 헤어지지 못하고 1990년대로 접어들었다. 대통령이 바뀌었다. 대머리도 아니고 스스로 '보통사람'이라며 사람 좋은 미소를 짓는 아저씨가 대통령이 되었다. 여전히 어렸던 나는 세상이 정말로 바뀐 줄 알았다. 무늬만 다르고 속은 같은 놈이라는 사실을 깨달은 건 어른이 된 후였다.

정권의 성격은 크게 다르지 않았지만 가정용 비디오가 널리 보급되면서 에로영화 시장은 전혀 다른 국면으로 접어든다. 유호프로덕션과 한시네마타운, 그리고 젖소부인과의 황홀한 추억담과 박찬욱 감독의 〈아가씨〉 이야기는 다음 챕터에서.

아는 게 많아진 탓일까?
아니면 늙은 것일까?

*
*
*

아가씨

내용이 먼저인가 형식이 먼저인가? 미학 역사상 가장 오래되었고 중요한 논쟁거리 중 하나인 이 질문은 문화 산업 전반으로도 확장시킬 수 있다. 콘텐츠가 먼저인가 매체가 먼저인가? 나는 자신 있게 답할 수 있다. 콘텐츠를 담는 그릇, 매체가 먼저라고. 더 중요하다고. 맑스의 유물론을 들먹일 필요까진 없을 것 같고, 그저 이 명제를 강조하고 싶다. 물적 토대의 변화가 모든 것을 결정한다.

대중음악의 흐름을 보자. 음악을 담는 매체가 LP에서 CD, MP3로 변하면서 그에 맞춰 트렌드가 변화했다. 벌써 십수 년 전부터 뮤지션들은 앨범을 제작하기보다 싱글 제작에 열을 올린다. 스트리밍 서비스에 적합한 노래들이 판을 친다. 클럽이라는 공간이 없었다면 EDM 음악이 전 세계 대중음악의 주류로 나설 수 있었을까? 스마트폰이 생기기 전과 후의 대중음악 시장 판도가 얼마나 바뀌었는지 생각해보자.

음악뿐만이 아니다. 소설이나 만화 역시 매체에 따라 내용이 바뀌고 있다. 스마트폰으로 넘겨 보는 데 적합한 스토리의 소설과 만화가 양산된다. 아예 웹툰이 따로 생겼다. 게임역시 마찬가지. 스마트폰이 없었다면, 이제는 출판과 영화 시장을 모두 합친 것보다 더 큰 스마트폰 게임 시장도 수많은 게임들도 없을 것이다. 유튜브가 생겼기에 수많은 MCN 콘텐츠들이 탄생할 수 있었다.

1990년대에 접어들면서 에로영화가 극장에서 사라지고 비디오 전용 에로영화들이 쏟아져 나온 것도 같은 맥락이다. 가정용 비디오의 보급이라는 물적 토대가 에로영화의 제작·유통 환경과 내용까지 바꿔버린 것이다. 에로영화 이야기를 하면서 거창하게 유물론까지 끌어들인 이유는? 그렇다. 뭔가 있어 보이려고.

여하튼, 집집마다 비디오플레이어가 구비되면서 에로영화는 자연스럽게 극장에서 비디오 대여점으로 서식지를 옮긴다. 이른바 '에로비디오' 시대가 열린 것이다. 이때 양대산맥은 누가 뭐래도 유호프로덕션과 한시네마타운이다. 먼저 치고 나간 쪽은 유호프로덕션이었다. 〈야시장〉 시리즈로 비디오 대여점의 성인비디오 코너를 점령해버렸다. 회사 이름부터가 대표인 유병호의 이름을 줄여 만든 데서 알 수 있듯이,

성인영화에 대한 집념이 대단했던 유병호 사장의 지휘로 일사분란하게 히트작을 쏟아냈다.

뒤이어 한시네마타운이 등장했다. 에로비디오의 새로운 문파를 이끈 주인공은 다름 아닌 영화배우 한지일 씨였다. 대종상 신인상을 수상한 이력까지 있는 그가 들고 나온 비장의 무기는 〈젖소부인 바람났네〉. 1980년대가 애마부인의 시대였다면 1990년대는 젖소부인의 시대였다. 공식적인 집계가 어려운 특성 탓에 정확한 매출액은 알 수 없으나 '젖소부인'이 일종의 신드롬, 사회현상이었다는 사실은 부인하기 어렵다.

앞의 챕터에서 〈애마부인〉 시리즈의 다양한 스핀오프를 소개했는데(〈드라큘라 애마〉까지) 〈젖소부인〉의 셀 수 없는 스핀오프에 비하면 새 발의 피다. 지금 30~40대 독자라면 〈만두부인 속 터졌네〉, 〈김밥부인 옆구리 터졌네〉, 〈냄비부인 몸 달았네〉 등등의 제목을 들어본 적 있을 것이다. 너무 많아서 못 쓰겠다.

젖소부인을 각종 부인으로 패러디한 경향은, 개봉 영화 제목을 패러디하는 트렌드로 이어졌다. 가히 예술적이라고 할 만한 제목들이 쏟아져 나왔다. 〈나도 아내가 있었으면 좋겠다〉를 패러디한 〈나도 처제가 있었으면 좋겠다〉, 드라마 〈용의 눈물〉을 패러디한 〈용의 국물〉, 〈반지의 제왕〉이 아닌 〈반지하의 제왕〉, 〈박하사탕〉이 아닌 〈박아사탕〉, 〈번지점프를 하다〉가 아닌 〈번지점프에서 하다〉…. 정말 신박한 비디오들이 쏟아져 나왔다. 심지어 내가 시나리오를 썼던 〈목포는 항구다〉를 패러디한 〈목표는 형부다〉를 비디오 대여점에서 맞닥뜨리고는 주저앉았던 기억도 있다.

나도 이대로 있을 수는 없다는 생각에 야설을 하나 썼다. 제목은 '사랑방 손님들과 어머니'. 내용은 안 봐도 알겠지? 워낙 오래전이라 PC를 몇 번이나 바꾸면서 그 파일을 분실한 게 아쉬운데, 마음만 먹으면 하루 만에 다시 쓸 수 있을 것 같기도 하다.

사실 야설과 소설의 경계에 걸친 단편소설들을 써서 작품집을 내고 싶은 생각은 오래전부터 갖고 있었다. 한국 소설의 에로티시즘을 이야기할 때 빼놓을 수 없는 작품인 《떨림》을 본 이후부터인 것 같다. 지금 생각해보니 패러디도 나쁠 것 같지 않다. '사랑방 손님들과 어머니'를 필두로, 조건만남에 맛을 들였다가 호되게 고초를 겪는 노인네 이야기 '아프니까 회춘이다', 법대 여교수와 은밀한 관계에 빠진 체육과 대학생의 고군분투기를 그린 '지적 섹스를 위한 넓고 얕은 지식' 등등. 어떤가? 독자들의 열화와 같은 성원이 있으면 써보겠다.

다시 본론으로 돌아가서, 유호프로덕션과 한시네마타운이 양분하던 에로비디오 시장은 1990년대 말에 접어들면서 신흥 강자들을 맞이한다. 팟캐스트 씨네타운 나인틴에도 출연했던 봉만대 감독이나 앞 챕터에서 언급한 〈뽕 2014〉를 연출한 공자관 감독 등이 이 시절 이름을 날렸던 분들이다.

그러나 칼로 흥한 자 칼로 망한다고 했던가. 가정용 비디오플레이어의 보급으로 만들어졌던 에로비디오 시장은 PC의 보급으로 급격한 사양길에 접어든다. 인터넷이 깔리면서 클릭 몇 번이면 하드코어 동영상들을 무한대에 가깝게 얻을 수 있게 된 것이다. 굳이 돈을 주고 비디오테이프를 빌려 시청하는 번거로움을 감수할 사람은 컴맹 빼고는 없었다. 정말 아이러니한 건, 1990년대 후반에 에로비디오계의 신흥 강자로 떠올라 시장을 재패했던 제작사 이름이 '클릭엔터테인먼트'였다는 사실. 클릭엔터테인먼트가 클릭으로 무너지면서 에로비디오 시장은 사실상 끝났다. 파일 공유 사이트들이 시장을 다 먹어버렸다.

그렇게 완전히 끊긴 줄 알았던 에로영화의 맥은 IPTV라는 새로운 매체의 등장으로 다시 살아났다. 극장에 걸리지 못하거나 소소하게 개봉해 손익분기점을 못 넘는다 해도 'VOD 다시 보기' 서비스 등 부가판권 시장에서 수익을 내는 시스템이 갖춰지면서 왕년의 용사들과 신진 세력이 모여들었다. 1990년대 말에 등장하자마자 시장이 사라지는 바람에 채 빛을 발할 기회를 얻지 못했던 감독들이 독특한 작품을 내놓았다.

가장 돋보이는 두 사람은 앞서 언급한 봉만대 감독과 공자관 감독. 〈아티스트 봉만대〉(2013)나 〈젊은 엄마〉(2013) 등이 대표적이다. 두 작품 모두 봤는데, 에로영화라는 한계에 가두기 미안한 빛나는 지점들이 분명히 있다. 봉과 공, 두 감독의 활약을 기대해본다. 봉과 공이라…. 후후.

아크로바틱에 가까운 체위로 화제가 되었던 〈색계〉 이후 극장에서 에로티시즘을 기대하는 일은 없었다. 그러다가 작년에 〈아가씨〉를 만났다. 이 시대 최고의 감독으로 꼽히는 박찬욱 감독이 무려 7년 만에 찍은 한국 영화! 준비 단계에서부터 화제를 모았던 이 영화는 개봉 후 격렬한 호불호 반응을 불러일으켰다. 보는 이의 시선에 따라 해석할 여지가 워낙 많았기에.

〈아가씨〉는 서로 안 엮일 것 같은 세 가지 재료를 한데 엮은 영화다. 일제강점기라는 시대적 배경과 그로 인해 비롯되는 민족의식, 《핑거스미스》라는 영국의 원작 소설, 대담한 에로티시즘. 처음 영화를 보고 나서 어안이 벙벙했다. 이 세 가지를 어떻게 한 영화에 담을 생각을 했을까? 왜 굳이 그래야만 했을까? 실력 자랑하려고?

그래서 극장에 다시 가서 영화를 봤다. 내 나름대로 얻은 답은 다음과 같다. 감독은 《핑거스미스》라는 훌륭한 소설에서 캐릭터와 스토리 구조를 따오고, 일제강점기라는 배경에 남녀와 계급 간의 억압을 함께 실어 혁명적 에너지를 배가하고, 에로티시즘이라는 미학적 장치를 통해 전복의 에너지를 폭발시키려고 했다. 박 감독님, 맞습니까?

틀리면 어때. 관객의 해석이 감독의 의도와 같을 필요는 없다. 어쨌든 〈아가씨〉에서 가장 흥미로웠던 부분은 충무로의 주류 영화에서 버림받은 줄 알았던 에로티시즘의 부활이었다. 심지어 여자와 여자, 레즈비언들의 정사 신이 당당하게 등장한다. 적지 않은 관객들에게 비난을 받았던 마지막 엔딩 장면의 섹스 신은 개인적으로 너무나도 마음에 들고 통쾌했다. '내 인생을 망치러 온 나의 구원자' 같은 오글거리는 대사들도 에로티시즘의 성찬 덕에 명대사로 둔갑했다고 본다.

정말 감사했다. 우리 영화계에서 누구도 부인할 수 없는 권위를 가진 박찬욱 감독이 이렇게 야한 영화를 찍어줘서. 앞으로도 많은 감독들이 두려워 말고 집어 들었으면 좋겠다. 에로티시즘이라는 아름다운 무기를. 쏘면 쏠수록 기쁨이 커지는 총을 빵야빵야 쏴줬으면 좋겠다.

여담인데, 〈아가씨〉를 보는 내내 슬프기도 했다. 에로티시즘이라는 말이 뭔지도 모르던 어린 시절이었다면 잔뜩 흥분해서 내용도 제대로 못 따라갔을 텐데. 이렇게 야한 영화를 냉정하게 분석하며 보고 있는 내 자신을 문득 발견하고 슬퍼졌다. 이런 영화는 머리가 아니라 허리(라고 쓰고 XX라고 읽는다)로 봐야 하는데. 아는 게 많아진 탓일까? 아니면 늙은 것일까? 어느 쪽도 반갑지 않다. 힝.

공포는
영화로만 맛보는 인생

***
***
*

컨저링

나는 공포영화를 좋아한다. 아주 심하게 좋아한다. 그건 위디스크에서 다운받은 영화 리스트만 봐도 알 수 있다. 대부분 공포·스릴러 장르다. 코미디나 로맨스 영화는 거의 없고 간혹 액션영화가 섞여 있다.

어릴 때는 별 취미가 없었는데 이런저런 영화를 한참 많이 본 뒤에 서서히 공포영화에 탐닉하기 시작했다. 공포영화만큼은 극장이 아니라 집에서 보는 편을 즐긴다. 요즘은 방에도 제법 큰 화면에 빵빵한 오디오 시스템을 갖추고 있으니, 늦은 밤에 혼자 문 닫아놓고 공포영화에 몰입하는 맛이 아주 기가 막히다.

공포영화를 좋아하는 이유가 뭔지 생각해봤다. 말도 안 되는 소리로 들릴 수도 있지만 이런 결론을 도출해냈다. 나에게 있어 공포란 오직 영화를 통해서만 얻을 수 있는 경험이기 때문이다.

영화는 그 태생부터가 대리 체험이다. 그런데 코미디나 멜로, 드라마 등등의 장르에 담긴 정서는 일상에서도 체험한다. 하루하루가 멜로, 코미디, 드라마니까. 사회성 강한 영화들도 마찬가지. 뉴스만 틀면 영화보다 더 심각한 현실이 튀어나오는데 군이 영화로까지 머리 아픈 경험을 할 필요가 있나. 에로영화도 보는 것보다는 직접… 흠흠. 그러고 나면 액션과 공포·스릴러 장르 정도가 남는 것이다. 내가 하늘을 날 수도 없고, 빌딩을 폭파시킬 수도 없고, 귀신을 직접 마주칠 일도 없으니까.

이유가 어쨌든 간에, 수많은 공포영화에 탐닉한 끝에 내 나름으로 하위 장르를 분류하기에 이르렀다. 첫 번째 심령물. 한마디로 귀신 나오는 영화. 〈엑소시스트〉, 〈여고괴담〉, 〈주온〉, 〈인시디어스〉 등등. 특히 동양권에서 발달한 장르. 두 번째 좀비물. 간단하다. 좀비 나오는 영화. 할리우드에서 좋아하는 장르인데 〈부산행〉의 등장으로 우리나라 좀비영화도 계속 기대해본다.

세 번째 슬래셔물. 피 칠갑하는 영화. 별 이유 없이 난도질 하고 으깨는 장면이 자주 등장하는 영화들을 말한다. 〈스크림〉, 〈13일의 금요일〉, 〈텍사스 전기톱 연쇄살인사건〉 등등. 좀비영화와 마찬가지로 우리나라보다는 할리우드에서 선호 하는 장르다.

네 번째 괴수물. 좀비를 제외한 다른 생명체나 물건이 공포를 불러일으키는 영화. 바이러스나 방사능으로 생명체가 변이를 일으키는 경우도 포함한다. 다섯 번째 고어물. 시체로 장난치는 영화. 여섯 번째 체험물. 동굴에 갇히거나, 숲속에 버려지거나, 외딴 섬에 남겨지거나 등등. 〈쏘우〉 시리즈도 여기에 넣고 싶다.

일곱 번째 범죄물. 살인범 등의 범죄자들에게 괴롭힘당하는, 심장이 쪼그라드는 영화. 여덟 번째 페이크 다큐물. 〈블레어 위치〉에서 시작된 일련의 영화들. 장르라기보다는 일종의 장치로 쓰이는 경우가 많다. 〈파라노말 액티비티〉 시리즈가 대표적.

이상 여덟 개 장르 정도면 거의 대부분의 공포영화를 커버한다고 본다. 요즘 들어서는 여러 장르가 결합된 공포영화들도 많이 나온다. 아주 심한 고어물 정도만 빼면, 나는 이 여덟 개 장르를 골고루 좋아한다. 한동안 마음에 드는 영화를 못 만나다가 요즘 들어 재미있는 공포영화가 많이 나와서 행복한 비명을 지르고 있다.

그 시작은 〈캐빈 인 더 우즈〉였다. 이 영화는 정확히 말하면 공포영화가 아니라 공포영화 장르를 비웃는 영화라고 하겠다. 위에 내가 정리해놓은 공포영화의 하위 장르들을 마구 뒤섞고 각각의 장르에서 존중되어야 할 컨벤션을 부숴버린다. 그 쾌감이 아주 강렬하다. 극장에서 환호하며 봤던 기억이 난다. 초심자들에게는 추천하고 싶지 않으나 공포영화 꽤나 봤다는 분들에게는 강추한다.

최근에는 〈겟 아웃〉이라는 걸출한 영화도 있었다. 범죄물에 포함된다고 할 수 있겠는데, 스토리 자체에 스포일러가 있어 설명하기가 곤란하다. 억지로 무섭게 하려고 달려들지 않고 침착하게 관객들을 끌고 가는 힘이 대단했다. 하늘 아래 더 이상 신박한 반전이 없다는 푸념이 무색하게, 끝내주는 반전도 뒤통수를 친다.

최근 몇 년간 나를 가장 기쁘게 했던 영화는 〈컨저링〉 시리즈였다. 정확히 말하면 제임스 완 감독의 전성기 덕분에 기쁘다. 나보다도 나이가 어린, 말레이시아 출신의 완 감독은 공포영화 필드는 물론이고 할리우드 전체를 통틀어 가장 주목받는 감독이자 제작자 중 한 명이 되었다. 그 유명한 〈쏘우〉 시리즈를 탄생시켰으며, 현재 가장 잘되는 공포 시리즈들인 〈컨저링〉, 〈애나벨〉, 〈인시디어스〉 시리즈를 연출하고 제작했다. 그야말로 공포영화 시장을 싹쓸이했다고 할 만하다.

놀랍게도 동시에 진행되고 있는 세 개의 시리즈들이 다 재미있다. 무려 일곱 편에 달하는 영화들을 모두 극장에서 봤는데 후회한 적이 한 번도 없다. 〈컨저링〉, 〈애나벨〉, 〈인시디어스〉 모두 큰 망작 없이 순항을 하고 있는 걸 보면, 제임스 완은 감독으로서도 제작자로서도 공포 장르에 관해서는 마에

스트로의 경지에 오른 듯하다. 그걸로 모자랐는지 블록버스터 시리즈인 〈분노의 질주 7〉의 연출을 맡았고, 내년에 개봉할 DC의 히어로물 〈아쿠아맨〉의 메가폰도 잡았다. 욕심쟁이!

요즘에는 제임스 완의 행보가 독보적이지만 공포영화의 전체 역사를 놓고 보면 쟁쟁한 작품들이 많다. 나의 올 타임 넘버원은 단연 〈엑소시스트〉다. 악령이 들린 소녀에게 신부들이 퇴마의식을 행한다는, 겨우 한 줄로 요약되는 이 작품은 종교적으로 불경하다는 이유로 엄청난 논란을 불러일으켰다. 수없이 재개봉되면서 현재까지 2억 3,000만 달러가 넘는 수익을 벌어들였다. 사자가 얼마나 센 동물인지 설명할 필요 없듯이, 이 영화가 얼마나 뛰어난 공포영화인지는 더 말할 필요가 없다. 다만 이 영화를 보면 우리가 왜 공포영화를 보는지 그리고 왜 공포영화를 보지 말아야 하는지 동시에 알 수 있다는 말은 하고 싶다.

나는 이 영화만큼 내 감각을 예민하게 만드는 영화는 본적이 없다. 감동과는 또 다른 체험이다. 꽤 여러 번 이 영화를 봤는데 그때마다 반응은 비슷하다. 악령 들린 소녀가 괴이한 언어를 내뱉고, 몸이 기괴하게 꺾이고, 주위 물건들이 날아다니는 장면을 볼 때면 미지의 세계에 대한 경외심이 생긴다. 나는 아직 악령 들린 사람을 본 적이 없고, 귀신과 맞닥뜨린 적도 없지만, 마치 곧 그런 일이 생길 것만 같은 두려움에 움츠러드는 것이다. 난 뭐든지 할 수 있고 내 삶은 아무 문제도 없다며 나태하게 풀어져 있던 긴장의 끈이 바짝 조여드는 것이다. 그 느낌이 정말 좋다.

반대로, 영화가 끝난 후에도 불쾌감이 지속되는 건 참 곤란한 경험이다. 공포영화를 못 보는 사람들의 경우, 대부분 이런 경험 때문에 다신 공포영화를 안 보겠다며 몸서리를 친다. 영화 속에서 살인마에게 쫓기는 주인공에게 몰입했던 감정이 실제로 홀로 밤거리를 걸을 때 다시 되살아나는 식. 다행히도 나는 하도 공포영화를 많이 보다 보니 이제 엔간한 공포영화에는 후유증을 느끼지 못한다. 딱 영화를 보는 동안만 짜릿하게 즐기고 그만. 그러나 〈엑소시스트〉만큼은 보고 나면 늘 뒤통수가 찜찜하다. 악마가 흐흐흐 웃으며 나를 보고 있는 것 같다. 젠장.

〈엑소시스트〉가 묵직한 펀치를 자랑한다면, 현란한 잽을 휘두르는 공포영화도 한 편 소개해드린다. 〈REC〉. 2007년에 스페인에서 제작한 영화다. 기본적으로는 좀비영화라고 할 수 있는데 접근 방식이 좀 다르다. 느릿느릿 비틀거리는 좀비가 아니라 들개처럼 날뛰는 좀비들이 등장한다. 게다가 출입이 통제된 건물 안이 공간적 배경이라는 설정도 심장을 더 쪼그라들게 만든다. 무엇보다 카메라의 시점이 1인칭으로 움직인다는 점이 색다르다. 주인공이 방송국 리포터이기 때문이다. 덕분에 몰입감, 공포 체험 지수는 최고다.

너무 무서운 공포영화가 싫다면 〈인시디어스〉 시리즈를

강추한다. 이 영화는 공포와 드라마가 적절하게 잘 섞여 있다. 일부러 놀라게 하거나 필요 없이 잔인한 장면도 별로 등장하지 않는다. 심지어 슬픔과 감동까지 느낄 수 있다. 이 영화를 보다가 울었다면, 안 믿을까?

슬래셔물이나 고어물 쪽에 관심이 있다면 호주 영화 〈울프 크릭〉을 추천한다. 한마디로 골 때린다. 질질 끌지 않고, 시원시원하게 달린다. 실화를 바탕으로 만든 영화라니, 그 사실이 더 무섭다.

미스터리적인 요소를 좋아한다면 〈트라이앵글〉이라는 작품을 추천해드리고, 괴물을 좋아한다면 2008년 작 저예산 영화 〈스플린터〉와 1982년 작 고전 〈괴물The Thing〉을 추천한다. 두 작품 다 고어적인 성격이 강하니, 그쪽으로 비위가 약한 분들은 삼가시길. 특히 〈스플린터〉의 경우 흥행에서도 참패하고 평론가들에게도 맹비난을 받았으나, 나를 비롯한 몇몇 공포영화 마니아들은 극찬을 하기도 한다. 호불호가 엄청 갈린다는 말씀.

색다른 비주얼을 원한다면, 단연 2006년 작 〈사일런트 힐〉이다. 게이머들로부터 걸작으로 칭송받는 동명의 고전 공포 게임을 영화로 만들었는데, 10년이 지난 지금 봐도 정말 끝내주는 영상미를 자랑한다.

우리나라 공포영화도 좋은 작품이 많다. 한 편만 꼽으라면

〈알 포인트〉를 꼽겠다. 〈장화홍련〉, 〈기담〉도 수작이다. 워낙 많이 알려진 작품들이라 다들 봤다면, 조금 덜 알려진 〈불신지옥〉도 조심스럽게 추천해본다. 〈건축학개론〉 이용주 감독의 전혀 다른 연출을 볼 수 있다.

앞서 말한 것처럼, 일상에 공포가 없기에 나는 공포영화를 좋아한다. 그래서 얼마나 다행인지 모른다. 앞으로도 진짜 일상에서는 코미디, 멜로, 에로, 휴먼 드라마 같은 일들이 이어지고, 공포는 영화로만 맛보는 인생이 되길 바랄 뿐이다. 독자님들도.

어떤 상황에서도
낭만은 있다

*
*
*

괴물

한국 영화 중에서 가장 좋아하는 영화를 꼽으라면 주저할 필요가 없다. 〈괴물〉은 내가 가장 재미있게 본 우리 영화이자, 완성도 면에서도 최고로 꼽는 작품이다. 〈살인의 추억〉을 봉준호 감독의 최고작으로 꼽는 사람들도 많은데, 뭐 취향 차이니까. 취향? 말을 해놓고 보니까 이상하다. 나야말로 스릴러영화를 편애하는 취향으로 보자면 〈살인의 추억〉을 찬양해야 할 텐데. 물론 그 영화 역시 엄지 두 개를 추켜올리고 싶은 작품이지만 〈괴물〉만큼은 아니다. 게다가 나는 여러 장르가 뒤섞인 영화를 싫어하고 블랙코미디도 별로 좋아하지 않는다. 그런데 그 취향조차도 무색하게 만들어버린 영화가 바로 〈괴물〉이다.

금방 말한 것처럼 〈괴물〉은 여러 가지 장르적 특성이 뒤섞여 있다. 외피로 보자면 이 영화는 괴수영화임이 분명하다.

괴수가 나오니까. 서울 시민들의 일상적 공간이자 풍경인 한 강에 괴물이 나온다는 설정이 이 영화의 시작이다. 엄청난 힘과 폭력성을 지닌 괴물 때문에 도시가 혼란에 빠지고 결국 평범한 시민 영웅이 괴물을 물리친다는 이야기도 무척이나 전형적인 괴수영화의 플롯이다. 그것뿐이었다면 이런 글을 쓰지도 않았을 거다.

〈괴물〉은 매우 뛰어난 코미디영화이기도 하다. 주인공과 그의 가족 구성원들은 모두 웃음을 자아내는 캐릭터이고, 관객의 허를 찌르는 유머도 곳곳에 등장한다. 심지어 슬랩스틱적인 장면도 적지 않다. 자꾸 넘어지는 송강호, 허풍을 떨며 날라차기마저 아끼지 않는 박해일의 연기 톤도 명백히 코미디 연기다. 무서워야 할 괴물조차도 가끔 웃음을 선사한다. 나무에서 떨어지는 원숭이처럼 실수가 많은 괴물이다.

풍자극의 미덕 또한 충실히 갖추고 있다. 한미관계에 대한 조롱이 설득력 있게 배치되었고, 재난을 대하는 정부 당국의 어설픈 대처도 여실히 보여준다. 공포에 직면한 대중의 모습, 견고해 보이지만 허점투성이인 우리 사회 시스템도 신랄하게 풍자하고 있으며, 가족의 탄생과 해체 그리고 재탄생이라는 묵직한 주제 역시 풍자의 기교로 깔끔하게 요리되었다.

다른 장르에 블랙코미디를 섞는 봉준호 감독의 솜씨는 전작인 〈살인의 추억〉에서도 이미 달인의 경지였다. 심각하기 이를 데 없는 범죄스릴러 장르, 심지어 미해결 범죄 중에서도 가장 끔찍한 실제 연쇄 살인 사건을 소재로 삼았음에도 불구하고 〈살인의 추억〉은 관객을 몹시도 웃겼다.

이 정도 되려면 감독이 각 장르에 대한 깊은 이해가 있어야 한다. 그리고 무척이나 꼼꼼해야 한다. 봉준호는 '봉테일'이라는 영광스러운 별명에 걸맞게 완벽에 가까운 디테일로 장르들 사이의 봉합선을 지워버렸다. 일견 골뱅이처럼 생긴 괴물에게 호되게 당하고 끌려온 응급실에서 골뱅이 통조림을 먹는 장면에서 우리는 소름과 웃음을 동시에 맛본다. 특급 셰프가 아니면 낼 수 없는 맛이다.

이번에는 낭만에 대해서 이야기해볼까. 먼저 〈살인의 추억〉을 보자. 영화의 내러티브는 분명히 무서운 연쇄 살인의 경과를 따라가고 있으나 형사들의 일상적인 모습과 대화는 무척이나 낭만적이다. 용의자에게 '밥은 먹고 다니냐'고 물어보는 형사라니. 취조(라고 쓰고 고문이라고 읽는다)를 하다가 형사와 용의자가 함께 짜장면을 먹는 장면에서는, 짜장면을 싫어하는 나도 군침이 고이더라. 시골의 풍경과 거기 사는 사람들의 인정은 또 얼마나 따스한지. 들녘을 배경으로 여자친구가 송강호를 무릎에 눕히고 귀를 파주는 장면은 이게 과연 스릴러영화의 한 장면인가 싶다. 그러면서도 팽팽한 긴장을 방해하진 않으니, 참으로 적절한 낭만일 수밖에.

〈괴물〉을 보자. 배경이 도시로 바뀌었다 뿐이지 낭만의 농

도는 그대로, 어쩌면 더하다. 간이매점에서 일구어지는 가족의 일상은 눈물겹도록 정스럽다. 영화의 시작부터 좀 모자란 아들이 손님들에게 줄 오징어 다리를 떼 먹는 장면이 나오는데, 아버지는 아들을 혼내면서도 애잔한 시선을 거두지 못한다. 이 가족은 늘 그런 식이다. 투덜거리면서도 사랑한다.

괴물이 설치는 공간이 되어버린 후에도 영화 속 도시에는 낭만이 사라지지 않는다. 잃어버린 딸을 찾으러 다니는 가족의 모습에서는 모험의 여정을 떠나는 두근거림마저 느껴졌다. 추격전 중에 간이매점에 모여 앉아 컵라면에 과자를 나눠 먹는 순간은 〈살인의 추억〉 속 취조실 짜장면 장면의 업그레이드 버전이라고 할 만했다. 심지어 괴물과 대결하는 장면에서 배두나가 괴물 코앞에서 활시위를 당기는 모습에 이르러서는 아름답다는 탄성까지 흘릴 뻔했다.

제대로 된 낭만은 여운을 남긴다. 〈괴물〉의 마지막 장면은 압권이다. 비루한 삶의 유일한 희망이었던 딸을 잃은 아빠를 보여주는 신. 소복하게 눈이 내린 한강, 아빠는 여전히 매점을 해서 먹고산다. 그런데 그는 혼자가 아니다. 한강을 떠돌며 노숙하던 꼬마를 자식 삼아 데리고 산다. 피 안 섞인 두 식구가 소박한 밥상을 나누는 모습에서 나는 봉준호식 낭만의 극치를 맛보았다. 혹시 또 다른 괴물이 있을지도 모른다는 공포와 함께 우리는 은연중에 이렇게 믿는다. 저들은 서로를 지켜줄 거야. 〈살인의 추억〉 역시 완벽하다고 할 수 있는 엔딩을 선보였다. 범인은 여전히 잡히지 않았음에도 불구하고 관객은 찜찜함보다는 왠지 모를 뭉클함을 가슴에 담고 일어서게 되는 것이다.

〈살인의 추억〉으로 화려하게 솟아오른 봉준호가 〈괴물〉까지 내놓았을 때, 나는 우리 시대 최고의 감독으로 봉준호를 인정했다. 대체 그의 다음 행보가 뭘까 두근두근 차기작을 기다렸다. 2000년 〈플란다스의 개〉, 2003년 〈살인의 추억〉, 2006년 〈괴물〉…, 마치 3년마다 영화를 찍겠다는 계약서라도 써놓은 듯, 그는 어김없이 3년 후인 2009년에 새 작품을 내놓았다. 바로 〈마더〉.

영화를 보기 전, 기사에서 이 제목을 봤을 때 나는 무릎을 쳤다. 〈괴물〉의 한 장면이 퍼뜩 떠올라서다. 〈괴물〉의 한강 가족에게는 모든 구성원이 다 있는데 엄마만 없다. 특히 실종된 딸이 환영으로 등장하는 장면에서, 엄마만 뺀 가족들이 모두 딸에게 밥을 주는 장면은 굉장한 메타포라고 생각했다. 너무나도 당연하게 여겨져온 엄마의 역할, 아이에게 밥을 주는 역할을 엄마만 뺀 구성원들이 분담하면서 가족은 새로운 의미로 재편되었다. 그 결실이 바로 마지막 장면에 둘만 남은 새로운 가족, 딸을 잃은 아빠와 노숙 소년인 것이다. 그리고 차기작 〈마더〉는 〈괴물〉에서 부재했던 엄마를 제대로 보여주는 작품일 것이라고 기대했고, 그 기대는 완벽하게 채워졌다.

그런데 왜 '엄마'가 아니라 '마더'일까? 두 가지 이유가 있다고 본다. 먼저 객관화의 의도. 엄마와 마더는 의미는 같지만 어감은 다르다. 우리말과 영어라는 차이에서 오는 언어적 거리감이 다르기에 엄마는 자동적으로 가깝고 깊은 감정을 불러오고, 마더는 훨씬 더 객체화된 개념으로 다가온다. 두 번째로는 보편성. 세계 경제의 기준 화폐인 달러처럼 영어 단어 마더는 우리나라 엄마들의 속성이 아닌 인류 보편적인 모성을 담고 있다. 아이러니하게도, 실제 영화 내용은 굳이 영어로 제목을 삼은 두 가지 의도를 정확히 배반한다. 이 영화는 지극히 한국적인 엄마와 아들의 이야기다. 배경은 물론이고, 소재와 정서, 인물들도 모조리 지독하게 한국적이다. 이런 아이러니부터가 봉준호 감독스럽다.

〈마더〉에 이르러 감독으로서 봉준호는 한층 더 깊고 진해진 색을 보여주었으나 나는 무척 우려했다. 대중성이 크게 반감됐기 때문이다. 봉준호 감독의 영화가 반드시 대중적이어야 할 필요는 없지만, 내가 가장 감탄했던 봉준호의 재능은 요상한 이야기로 보편적인 재미를 만들어내는 능력이었기 때문이다. 보편적인 재미가 많이 줄어든 〈마더〉 덕분에 불안한 마음으로 차기작을 기다리게 되었다. 그리고 그 불안은 현실로 다가왔다.

〈설국열차〉. 그동안 우리 영화에서는 볼 수 없는 스케일이었다. 봉 감독의 페르소나 송강호를 제외하면 배우도 할리우드 스타들로 채워졌다. 한국적인 비주얼과 언어에 천착했던 전작들과 달리 알 수 없는 미래의 알 수 없는 공간을 달리는 열차라는, 더없이 생경한 장소로 카메라를 옮겼다. 그 어느 때보다 요상한 이야기를 들고 왔으나 보편적인 재미는 글쎄…. 〈설국열차〉는 재미있다기보다는 기괴한 영화였다.

다음 작품 〈옥자〉 역시 기괴하긴 마찬가지였다. 웃음과 인간미가 더해지긴 했으나 〈살인의 추억〉과 〈괴물〉에서 맛봤던 통쾌한 재미는 느낄 수 없었다. 게다가 〈옥자〉는 넷플릭스와의 합작으로 상영하는 방법부터 낯설었다. 그의 실험적 행보에 박수를 보내는 사람들도 있지만, 나는 걱정된다. 봉감독은 이제 남녀노소가 다 즐길 만한 작품은 다시 만들지 않을 생각인가?

솔직히 나는 봉준호 감독이 진화하고 있는지 잘 모르겠다. 개성은 점점 뚜렷해지고 있으나 대중성은 점점 옅어지고 있다. 예술가로서 봉준호는 분명히 자기 길을 가고 있으나(방향이 앞은 아닐지라도), 상업영화 감독으로서 봉준호는 〈괴물〉 이후 화력이 눈에 띄게 약해지고 있다. 기존의 장르를 뒤섞어 기막힌 솜씨로 요리하던 그가 아예 장르의 컨벤션을 거부하기 시작했기 때문이다. '봉준호 영화의 장르는 봉준호'라는 말이 나오는 것도 그래서다.

그런데 어쩌나. 나는 봉준호라는 장르가 마음에 안 든다. 괴수물도 아니고(옥자는 가해자가 아니라 피해자이다), 블랙코미

디도 아니고(메시지가 유머에 담겨 있지 않고 노골적으로 보여진다),
액션 블록버스터도 아닌 그저 봉준호 영화인 〈옥자〉보다는,
괴수물이면서 블랙코미디이자 액션 블록버스터였던 〈괴물〉
이 나는 훨씬 재밌었다. 〈설국열차〉와 〈옥자〉가 보여준 파격
도, 평론가들이 열광한 주제와 메타포도 머리로는 이해하겠
으나 썩 매력적이지 않았다. 좋은 줄 알면서도 사고 싶지 않
은 차처럼.

봉준호 감독의 차기작 제목은 '기생충'이다. 아직 시나리오
작업 중이라는 이 작품에 대해 봉준호는 이런 말을 했다. "제
목이 바뀔 수 있다. 실제 기생충이 나오는 영화는 아니고, 누
군가를 기생충에 빗댄 영화도 아니다. 송강호가 나올 가능성
이 많으며, 전작들보다 규모가 작은 영화다."

흠. 이번에도 그가 요상한 이야기를 들려줄 것만은 분명해
보인다. 다만 〈살인의 추억〉이나 〈괴물〉처럼 여러 장르를 뒤
섞어 요리하면서도 각 재료의 맛을 고스란히 살려내는 솜씨
를 다시 선보였으면 좋겠다. 그토록 대단한 솜씨는 오직 봉
준호만 갖고 있으니까.

나는 정말
나를 파괴할 권리가 있을까

*
*
*

데몰리션

영화 〈데몰리션〉. 2016년 개봉. 장 마크 발레 감독, 제이크 질렌할 주연. 이 영화는 2017년에 본 영화 중 다섯 손가락 안에 든다. 원래도 제이크 질렌할을 좋아했지만 이젠 정말 믿고 보는 배우가 되어버렸다. 이 영화를 추천해준 씨네타운 나인틴의 류은우 작가에게 감사한다. 이 영화에 대해서는 지난 책에서 훈종이가 짧게 언급했지만, 나는 나대로 또 이야기하고 싶다.

아내를 교통사고로 잃은 뒤, 자신이 가진 것들을 하나씩 파괴하고 분해하는 남자가 주인공이다. 미국 백인 주류 사회에서도 가장 성공한 축에 드는 부유한 투자 분석가가 괴이한 행동을 하고, 평소 같으면 질색할 사람들과 어울리며 주류 사회에서 이탈해 진짜 자신을 찾아가는 과정을 그리는 영화다.

이 영화를 보는 내내 눈앞에 한 남자의 얼굴이 떠올라서 힘들었다. 역사상 가장 유명한 로커 중 한 명인 커트 코베인 생각을 떨칠 수가 없었다. 성공의 정점에서 정말로 자신을 파괴해버린 남자.

1992년 봄. 막 고등학교 2학년이 되었던 무렵으로 기억한다. 슬슬 공부를 멀리하면서 매일같이 학교 앞 단골 레코드 가게에 들르던 시절이었다.

"들어봐. 진짜 끝내주더라." 강수지를 닮은 외모로 우리 고등학교 남학생들의 마음을 설레게 했던 레코드 가게 점원 누나가 적극적으로 권해준 앨범이 바로 너바나의 '네버마인드'였다.

듣는 순간, 고개를 갸웃했다. 어? 이건 뭐지? 록음악이긴 한데…. 그전까지의 록음악과는 분명히 달랐다. 쨍쨍한 기타 리프도, 고음의 보컬도, 화려한 솔로 연주도 없었다. 그냥 야생의 열정과 분노가 들끓는 음악이었다. 그때까지만 해도 나는 몰랐다. 아무도 몰랐다. 그 앨범이 향후 10년 이상 전 세계 록신을 지배하는 바이블이 될 줄은. 그리고 커트 코베인이 그렇게 짧은 생을 마치고 가버릴 줄은.

너바나의 역사는 1987년으로 거슬러 올라간다. 보컬 겸 기타를 맡은 커트 코베인을 중심으로 결성된 삼인조 록밴드가 불러일으킨 현상은 일종의 전염이었다. 백신이 없는 신종 바이러스. 너바나의 음악은 이전까지 록신을 점령하고 있던 헤비메탈의 공룡들을 단박에 죽여버렸다. 머틀리 크루, 스키드 로우, 건즈 앤 로지즈, 신데렐라, 워런트, 익스트림, 포이즌…. 나의 우상들이 전부 다 쓰러지고 '얼터너티브'로 통칭되는 새로운 음악 흐름이 탄생했다.

너바나는 얼터네티브 록의 수장으로 추앙받으며 단숨에 세계에서 가장 유명한 록밴드가 되었다. '네버마인드' 앨범은 무려 2,000만 장이 넘게 팔렸고 그들의 공연은 모조리 매진이었다. 부와 명예를 동시에 거머쥔 커트 코베인은 미녀 로커 코트니 러브와 결혼해서 딸을 출산했다. 1993년에 세 번째 앨범인 '인 유터로'를 발매할 때까지만 해도 완벽했다. 커트 코베인은 전 세계 젊은이들을 팬으로 거느린 밴드의 리더였으며 섹시한 아내와 예쁜 딸을 둔 가장이었다. 그러나 바로 성공과 안정이라는 지점에 존재론적인 모순이 있었다.

커트 코베인은 반항적인 영혼의 소유자였다. 그는 기성세대와 사회의 질서에 대해 거부하는 태도를 존재의 근거로 삼았다. 그가 만들어내는 노래 역시 마찬가지였다. 그런데 아이러니하게도 그가 조롱하고 부정한 현실 세계가 그를 우상으로 섬기기 시작한 것이다. 성공하면 성공할수록 존재론적인 괴리가 커져간 셈.

가짜 반항아였다면 상관없었겠지만, 진정한 반항아였던 그는 성공의 매 순간을 즐기지 못하고 괴로워했다. 기행이 늘어갔다. 술과 마약에 빠지고 공연장에서는 기타를 부수기

일쑤. 방송국 카메라에 침을 뱉기도 했다. 메인스트림을 향한 거부의 몸짓이었음에도 불구하고 대중은 그런 모습에 오히려 더 열광했다. 결국 1994년 4월, 그는 치사량의 세 배에 가까운 헤로인을 몸에 담은 채 자신에게 엽총을 쏴 목숨을 끊었다.

영화 〈데몰리션〉의 주인공 역시 아내의 갑작스러운 죽음을 계기로 내재되어 있던 자기파괴 욕망을 실현한다. 영화 초반에, 아직 아내가 살아 있고 일상이 멀쩡하던 순간에도 그의 표정에 스치던 왠지 쓸쓸하고 권태롭던 표정은 무척이나 익숙한 얼굴이다. 나를 포함해, 지금 살고 있는 인생이 진짜 원하는 인생이 맞는지 고민하는 수많은 도시인의 얼굴이다. 떠들썩한 공연이 끝난 뒤 대기실에서 늘어져 있던 커트 코베인의 표정도 그랬으리라.

그러나 정말로 스스로를 파괴할 수 있는 사람은 많지 않다. 우리는 커트 코베인이 아니니까. 우리의 삶은 영화가 아니니까. 영화 속 주인공처럼 냉장고를 분해하고, 회사 문짝을 뜯어내고, 방탄조끼를 입은 자기 몸에 총알을 당기는 짓은 용기 이상의 동력을 필요로 한다. 그 힘은 광기다. 미치지 않고서는, 우린 스스로를 분해하고 파괴할 수 없다. 비루하더라도, 지금까지 일구어온 삶을 지키려는 의지와 살고자 하는 본능을 거스를 수 없다.

설령 지금 내가 살고 있는 인생이 뭔가 잘못되었다는 확신이 들어도 주변 사람들 때문에 돌이키지 못하는 경우도 많다. 책임감과 죄책감 그리고 주위 평판에 대해 의식하는 습관은 생각보다 뼛속 깊이 스며 있다. 착하고 성실하게 살아온 사람일수록 더욱 그렇다. '처자식 때문에', '부모님을 생각하면', '아이를 봐서', '남들 보기 부끄러워서' 등등으로 시작하는 유의 변명도 같은 맥락에서 나온다.

분해하고 파괴하는 행위는 나쁘고 위험하기만 할까? 그렇지 않다. 영화 속 주인공의 기행은 진짜 자신을 찾기 위한 몸부림이다. 나는 누굴까? 나는 정말 그녀를 사랑했을까? 지금 여기가 내가 있어야 할 곳인가? 존재론적인 질문에 정말 제대로 답하기 위해선 부수고 뜯어볼 수밖에. 그 정도 권리는 누구에게나 있다.

그 과정의 끝이 반드시 파국인 것도 아니다. 〈데몰리션〉의 주인공과 커트 코베인의 차이를 생각해보자. 〈데몰리션〉은 영화 내내 어둡고 아슬아슬한 톤과 달리 해피엔딩으로 끝을 맺는다. 영화의 주인공이 답을 찾았기 때문이다. 자신이 누군지, 이제 어떻게 살아야 할지. 분명하지는 않더라도 어렴풋이 답을 찾았기에 그의 삶은 새롭게 시작된다.

그러나 반대로 커트 코베인은 답을 찾지 못했다. 기타를 부수고, 약으로 몸을 망가뜨리고, 기행을 일삼아봐도 답이 보이지 않았다. 그래서 이런 말을 유서에 남기고 죽은 것이다.

'나는 손쓸 방법이 없을 정도로 정상을 벗어난 변덕쟁이 갓난아기다. 이미 나에게는 정열이 없다. 그리고 기억해주기 바란다. 힘없이 사라지는 것보다 순식간에 타오르는 것이 낫다는 것을.'

커트 코베인의 죽음이 알려진 날이 바로 어제처럼 생생하다. 나는 친구들과 함께 강남역의 한 술집으로 향했다. 록음악을 틀어주던 술집에서는 밤새 너바나의 음악이 흘러나왔고, 스무 살의 우리는 정신을 잃을 때까지 술을 마셨다. 울었다. 우리뿐이 아니었다. 지금은 모두 40대가 되었을 또래 젊은이들이 눈물과 절규로 커트 코베인을 떠나보내던 현장을 잊을 수 없다. 죽기 전까지 커트 코베인이 상징하는 정서는 반항이었으나 너무나도 비극적인 죽음으로 그의 이미지엔 음울함이 깃들어버렸다.

나이와 어울리는 옷이 있는 것처럼 나이와 어울리는 정서도 있을까? 동감하진 않으나 많이들 그렇게 생각한다. '반항'과 '음울'이라는 정서는 40대와는 썩 어울리진 않는 것 같다. 두 단어는 사춘기라든가, 질풍노도의 시기, 치기 어린 20대 등등의 표현과 잘 어울린다. 그러나 세상의 질서에 길들여지고 가정과 직장의 굴레에 손발이 묶인 어른들도 문득 느끼곤 한다. 내가 속한 세계에서 탈출하고픈 마음, 내가 만든 모든 것들을 무너뜨리고 싶은 위험한 충동을.

나는 그럴 때마다 커트 코베인의 얼굴이 떠오른다. 인간에게 불을 선물해준 프로메테우스처럼, 그는 반항과 음울함의 불꽃을 선물해준 사람이니까. 이제 커트 코베인과 함께 영화 〈데몰리션〉이 생각날 듯하다. 분해와 파괴의 과정 끝에 새로운 삶의 방향을 찾아낼 수도 있다는, 어떤 면에서는 더없이 희망적인 메시지를 담은 영화를 독자 여러분께 자신 있게 추천한다.

덧, 내가 꼽는 제이크 질렌할의 TOP 5
1. 브로크백 마운틴
2. 데몰리션
3. 러브 & 드럭스
4. 나이트 크롤러
5. 에너미

소년은 이렇게 어른이 된다

*
*
*

보이후드

영화 〈보이후드〉는 내용만큼이나 독특한 제작 방식 때문에 화제를 모았다. 화려한 출연진도 블록버스터 액션도 없었지만 제작 기간만큼은 기록적으로 길다. 무려 10년이 넘는 세월 동안 실제 배우들이 조금씩 성장하고 늙어가는 과정을 고스란히 영화에 담았다. 극영화와 다큐멘터리 제작의 경계가 모호해지는 지점이랄까. 기발한 기획에서부터 노련한 연출과 묵직한 감동까지, 성장영화의 끝판왕이라는 칭호를 얻을 만하다. 먼저 간단하게 음악 이야기를 하고 넘어가자.

여섯 살 어린아이가 열여덟 살 청년이 될 때까지의 성장기를 고스란히 스크린에 옮겨놓은 것처럼, 영화 음악 역시 그 시기를 대표한다고 할 만한 히트곡들을 모아놓았다. 영화의 시작과 함께 깔리는 첫 트랙은 콜드플레이의 'Yellow'. 2000년에 발표한 1집 앨범 '패러슈츠'의 수록곡이니 시간적 배경과 딱 맞다. 음악영화 〈스쿨 오브 록〉을 연출할 정도로 음악을 사랑하는 리처드 링클레이터 감독으로서는 의외라는 생각이 들 정도로 지극히 대중적인 노래들이 이어진다. 브리트니 스피어스의 'Oops I Did It Again'도 나오고, 고티에의 'Somebody That I Used to Know'도 나온다. 2000년대 중반을 강타했던 '크랭크 힙합' 솔자 보이의 'Crank That'도 딱 나와야 할 때 나온다.

추억을 되새기는 방법은 여러 가지다. 추억의 장소를 찾아가보는 방법도 있고, 옛 친구를 만나 술 한잔 기울이는 수도 있다. 모험심이 많은 사람이라면 헤어진 연인에게 연락을 해볼지도 모르겠다. 영화 〈보이후드〉가 음악을 담아내는 식으로 해보면 어떨까? 올해가 2017년이니까, 1998년부터 2017년까지 한 해에 한 곡씩 가장 인상 깊은 노래를 골라서 시간순으로 들어보는 것이다. 대부분의 음악 사이트에 가면 해마다 가장 인기 있었던 노래들이 정리되어 있다. 그중에서 개인적인 추억이 얽혀 있는 노래를 한 곡씩 골라 20곡의 OST를 만들면 끝! 참고로 나의 OST는 핸슨의 'MMMbob'으로 시작해 쿨의 '애상', 산타나의 'Smooth' 등등으로 이어진다. 아, 추억 돋네.

좀 더 시간을 뒤로 돌려, 영화가 시작할 때 주인공 나이였던 내 어린 시절을 떠올려본다. 여섯 살 즈음, 그러니까

1980년대 초반의 기억은 한 가지밖에 없다. 함박눈이 내리던 겨울날 엄마가 나를 안고 노래를 불러주던 순간. 다행히 사진으로 남아 있어서 착각이 아닌 진짜 경험임이 확실하다.

조금 더 자라서는 맨몸으로 바다와 계곡에서 고기도 잡고 물놀이를 하던 기억이 난다. 기껏해야 한 학년에 한 반밖에 없던 시골 초등학교의 교실도 잊을 수 없다. 아이들의 얼굴은 거칠고 까맣게 그을렸지만 눈동자는 초롱초롱 빛이 났다. 그네와 미끄럼틀 정도만 있던 운동장에서 매일같이 구슬 따먹기, 자치기, 숨바꼭질을 하며 놀았고, 겨울이면 강가에서 연을 날리거나 쥐불놀이를 했다. 눈 내린 산비탈에서 비료 포대를 깔고 미끄럼을 탈 때면 신이 나서 절로 소리를 질렀다. 별 고민은 없었지만 가끔 모래사장에 앉아 하염없이 바다를 보며 생각에 잠기기도 했다. 인공의 불빛 없이 별빛만이 오롯이 쏟아지는 시골 밤하늘을 한 시간씩 쳐다보는 밤도 종종 있었다. 끝없는 파도 앞에서, 흐드러진 별자리 속에서 어린 소년은 무슨 생각을 했을까?

첫 번째 서울 방문이라는 드라마틱한 사건은 열한 살이 되던 해에 찾아왔다. 처음 먹어보는 햄버거, 처음 타보는 엘리베이터, 처음 보는 아파트, 처음 들어본 도시의 소음…. 온통 처음인 것들 천지였던 메트로폴리스 서울은 소년을 매혹시켜버렸다. 그 뒤 몇 년간은 서울에서 살고 싶다며 떼를 썼던 일, 서울을 그리워하며 공상에 빠져들었던 일이 제일 기억에 남는다. 엄마 아빠를 조르다 못해 떼굴떼굴 구르기도 했고, 서울 아이들한테 지지 않겠다며 맹렬히 공부하는 모습을 보여주기도 했다. 눈 시리게 파란 동해 바다에 찬란한 밤하늘도 빛이 바랬다. 도시의 이미지에 매혹된 소년은 그때껏 그를 품어준 자연이 지겨워졌다. 산으로 바다로 향하던 발길을 돌리고 책에 빠져들었던 시절, 팝음악과 영화를 처음 접했던 시절도 이 즈음이다.

마침내 서울로 이사하던 날이 생생히 기억난다. 울진에서 서울까지 차가 안 막혀도 아홉 시간을 내리 달려야 했던 1987년 2월의 어느 날이었다. 구불구불 대관령 도로를 달리는 차 안에서 한 살 어린 여동생은 멀미 때문에 예쁜 드레스에 토를 하고선 엉엉 울었다. 나는 모든 것이 다 신나고 좋아서 100시간이 걸리더라도 상관없다는 마음이었다. 그렇게 들뜬 기분으로 그토록 바라던 서울에 올라왔다.

열세 살의 겨울을 기점으로 영화의 로케이션이 완전히 바뀐다. 우리나라에서 가장 아름다운 산과 바다가 있는 시골마을 울진에서 강남 한복판으로. 청담동 삼익아파트, 압구정고등학교, 상아레코드, 투다리 레몬소주, 발칙한 소녀들, 눈부신 앙가슴과 한 줌의 종아리, 뽀뽀하고 담배 피우고 침과 욕을 뱉던 동호대교 아래 비밀 공간, 710번 버스, 씨네하우스 극장, 불법과외를 받던 경원하이츠 오피스텔, 서툴고 비린내 나던 친구들, 공부도 하고 연애도 하던 자율학습실, 맥도날드 1호점과 로데오 골목의 카페들…. 그런 곳과 그런 사람, 그런 것들이 모여 열여덟 살이 되었다. 열망하고 질투하고 사랑하고 꿈꾸면서 열여덟 살이 되었다. 나의 '보이후드'는 그렇게 끝났다. 그 시절 내 영화의 OST는 대부분 헤비메탈과 올드록이었으니 엔딩곡은 희망차게 데프 레퍼드가 좋겠다.

내가 주연이었던 보이후드는 끝났지만 지금 한창 '보이후드'를 찍고 있는 아들의 영화에 나는 꽤 중요한 조연 '아빠' 역으로 등장한다. 열네 살. 벌써 나하고 엇비슷해진 키에 나보다 더 굵은 목소리, 맑고 커다란 눈과 사랑스러운 미소를 머금은 녀석을 대하는 나의 기본적인 자세는 문화계를 대하는 문재인 대통령의 자세와 일치한다. 지원하되 간섭하지 않는다.

물론 아빠의 욕심이 아예 없을 수는 없다. 내가 지금껏 누렸던 행복의 정수를 아이 역시 마음껏 향유하길 바라는 마음이 당연히 있었다. 큰 욕심은 아니었다. 춤추고 노래하고 사랑할 때 내가 가장 행복했기에 아들 녀석 역시 춤과 노래를 좋아하고 사랑이 넘치는 사람으로 자라길 바랐다. 하지만 이런 아빠의 기대는 보기 좋게 무너졌다. 녀석은 춤과 노래라면 질색이다. 음악을 듣는 건 좋아하는데 직접 노래를 부르는 걸 들은 적이 한 번도 없다. 어릴 때도 지금도 하루 종일 노래를 흥얼거리며 사는 아빠에게서 어떻게 이런 아들이 나왔을까 싶다. 아직 어려서 사랑꾼의 면모는 확인해보지 못했으나 일단 춤과 노래는 아닌 걸로.

〈보이후드〉에서 에단 호크가 연기한 아빠의 모습은 참으로 멋졌다. 나는 아들에게 어떤 모습으로 비춰질지 모르겠다. 존경하는 인물? 에이, 그 정도로 뻔뻔하지는 않다. 자기 멋대로 살아놓고 아이에게 존경받으려고 이제 와서 원치 않는 삶을 살거나 가식과 위선의 가면을 쓰고 싶지도 않다. 음, 이렇게 생각해줬으면 좋겠다. 아빠는 나에게 더 많은 기회와 자유를 주기 위해 누구보다 애써준 사람이라고. 그조차도 지나친 바람이라면, 그저 지금처럼 거리낌 없는 관계로 남았으면 좋겠다. 헤이 타미, 그 정도는 해줄 수 있잖아?

아직 아들 녀석의 '보이후드'는 몇 년 남았다. 영화가 끝날 때까지 나도 중요한 조연으로서 역할에 충실해야지. 촬영하는 재미가 꽤나 쏠쏠하다.

이승훈의
인생 영화 이야기

"어떤 영화 좋아하세요?"

남자와 여자가 처음 만나 딱히 할 말은 없는데 무슨 말이라도 해야겠다는 생각이 들 때, 쉽게 할 수 있는 질문이다. 당연하다면 당연한 질문이지만 저 질문에는 먼저 해야만 하는 질문이 빠져 있다.

"영화 좋아하세요?"

우리는 대개의 경우 어떤 영화를 좋아하느냐고 묻지, 영화를 좋아하느냐고 묻지 않는다. 물론 영화를 좋아하는 사람도 있을 테고, 좋아하지 않는 사람도 있을 테다. 하지만 영화를 좋아하지 않는(다고 말하는) 사람도 재미있게 본 영화, 감동받은 영화, 내 인생에 손꼽을 만한 영화가 한두 편은 있을 것이다.

조지 맬로리는 1922년 하버드대학교에서 있었던 한 특강에서 청중으로부터 다음과 같은 질문을 받았다. "왜 에베레스트에 오르십니까?" 그가 답했다. "산이 거기에 있으니까."

우리에게 영화는 조지 맬로리에게 산과 같은 존재다. 우리가 영화를 보는 이유는 영화가 있기 때문이다. 산악인에게 산은 그저 올라야 하는 무엇이다. 자신이 오르고 싶은 산도 있고, 피하게 되는 산도 있지만, 어쨌든 오르고 싶은 어떤 산을 골라서 오른다. 우리에게 영화도 그렇다. 그저 영화가 있으니, 보고 싶은 영화를 골라서 볼 뿐이다.

영화에 대해 이야기하는 것을 조심스러워하는 사람들을 많이 본다. 그럴 필요 있나? 영화는 즐기는 것이다. 즐기는 방법도 대상도 무궁무진하다. 사실 나는 영화를 그다지 좋아하는 편이라고 말할 수 없다. 그저 남들만큼 혹은 일반적인 기준보다 적게 영화를 본 사람이다. 그런 내가 용기 있게 영화에 관한 책을 쓸 수 있었던 이유는 영화란 즐기는 것이라고 믿기 때문이다.

이 책을 읽고 당신이 우리가 얘기한 영화를 좀 더 재밌게 볼 수 있었다면 기쁘겠지만, 그렇지 않다고 해서 한숨을 푹 쉬면서 낙담하지는 않겠다. 그래도 역시 이 책에서 뭔가를 얻었다거나 이 책 때문에 인생의 큰 교훈을 얻었다는 분이 있다면 매우 기쁠 것 같다.

내가 할 줄 아는 건 이거야

*
*
*

아메리칸 셰프

튀겨 먹으면 신발도 맛있다. 인간의 미각은 살찌는 음식 위주로 발달해 있다. 빙하기에 겪은 오랜 굶주림 탓인가? 아이스크림이 그렇고, 초콜릿이 그렇고, 햄버거가 그렇다. 달달하고 칼로리 높은 음식들일수록 입에 착착 감긴다. 식사 때가 되면 신이시여 왜 저를 낳고 또 이런 음식들을 낳으셨단 말입니까 하면서 신을 원망해보기도 하지만, 정신을 차리고 보면 빈 접시만 눈에 띈다. 눈에서 왜 자꾸 땀이 나지…. 각설하고 〈아메리칸 셰프〉는 그런 음식에 대한 이야기다.

존 파브로 감독의 〈아메리칸 셰프〉는 호쾌한 음식 쿠바식 샌드위치를 만드는 푸드트럭을 재료로 만들어낸 음식…, 아니 영화다. 샌드위치라고 하면 마른 빵에 햄이나 치즈, 토마토를 넣어 먹는 음식을 생각하는 게 보통이지만 쿠바식 샌드위치는 그런 거 없다. 버터를 앞뒤로 잔뜩 바른 빵을 불판에

튀기듯 굽는다. 잘 구워진 빵에 두툼한 고기와 야채를 끼우고 소스를 듬뿍 바르면 칼로리 폭탄 쿠바식 샌드위치의 완성이다. 칼로리 걱정 따위는 저쪽으로 꺼져버리라는 듯이 장대한 칼로리로 호쾌하게 무장한 쿠바식 샌드위치를 보면 쿠바 사람들의 호연지기를 느낄 수 있다.

이 영화는 실제 모델이 된 사람이 있다. 'Kogi'라는 푸드트럭을 만든 재미 교포 로이 최라는 요리사 겸 사업가다. 푸드트럭으로 20억의 매출을 올리기도 한 로이 최는 이후에 호텔을 인수하기도 했으며 〈아메리칸 셰프〉에 제작자로도 참여했다.

영화로 들어가보자. 로스앤젤레스에 있는 유명한 식당에서 일하던 칼 캐스퍼는 요리 평론가에게 자신의 요리에 대해 혹평을 당하고 나서 식당 주인과 싸운 끝에 식당을 그만두게 된다. 엎친 데 덮친 격으로 요리 평론가와 싸우는 모습이 SNS를 통해 세상에 퍼지면서 이상한 요리사로 악명을 떨치게 된다.

실의에 빠져 집에 처박힌 칼 캐스퍼에게 전처로부터 연락이 온다. 플로리다에 있는 장인, 아니 전前장인을 만나러 아들과 여행 가려고 하니 같이 가자는 것이다. 칼은 제안을 받아들인다.(우리 상식으론 전처와의 여행이라니 이해가 안 가지만 미국은 그런가 보다 하고 이해하기로 한다.)

마이애미는 평지지만 이야기는 산으로 간다. 전부인은 칼에게 자신의 전전남편을 만나보라고 권한다. 전남편에게 전전남편을 찾아가 도움을 받으라고 하다니 더욱 이해하기 어려운 상황이지만 속도 좋은 칼은 전전남편을 찾아간다. 전전남편인 마빈은 자신을 찾아온 전부인의 전남편 칼에게 좋은 게 있다며 고물 푸드트럭을 넘겨준다. 칼은 아들 퍼시와 조수였던 마틴과 함께 이 고물 트럭을 쓸고 닦고 조이고 기름 치고 광내고 때 뺀 끝에 그럴싸한 푸드트럭으로 재탄생시킨다.

이제 본격적인 영업 시작이다. 칼은 이 푸드트럭으로 마이애미에서 로스앤젤레스까지 여행을 하면서 영업을 한다. 그런데 웬일인지 사람들이 몰려와 칼과 마틴은 어리둥절해한다. 알고 보니 아들 퍼시가 트위터를 이용해 홍보를 했기 때문에 사람들이 몰려온 것이다.

이런 아이러니가 있나. 칼의 인생을 땅바닥에 처박은 것도 SNS였고, 다시 끌어올린 것도 SNS라니. 뜻밖의 일은 여기서 끝나지 않는다. 이후 로스앤젤레스로 돌아온 칼은 푸드트럭 페스티벌에 참가하는데 그곳으로 의외의 인물이 찾아온다. 바로 잘나가던 셰프 칼 캐스퍼의 인생을 하루아침에 처박아버린 요리 평론가 램지 미첼이다.

칼을 찾아온 램지는 뜻밖의 제안을 한다. 칼의 새로운 요리인 쿠바식 샌드위치는 정말 놀라운 작품이며, 자신이 블로그를 팔아 번 돈을 칼의 식당에 투자하고 싶다는 제안이다.

칼이 이 제안을 받아들이고 새 식당을 오픈하는 것으로 영화
는 해피엔딩을 맞는다.

따뜻하고 즐거운 영화다. 보는 내내 맛있어 보이는 음식
덕분에 눈이 즐겁고 요리하는 소리 덕분에 귀가 즐겁다. 등
장하는 사람들도 모두 선량한 사람들이다. 독한 양념 하나
없이 이렇게 좋은 영화를 만들어낸 존 파브로 감독은 대단한
감독이다.

하지만 〈아메리칸 셰프〉의 대단한 점은 이 너머에 있다. 이
영화의 주인공인 칼 역은 누가 맡았을까? (이미 알고 계신 분들
은 쉿!) 3초만 생각해보시고 답을 확인해보시라.

칼 캐스퍼 역은 존 파브로 감독 본인이 맡았다. 나는 이 영
화의 진짜 이야기는 이 캐스팅을 이해해야 알 수 있다고 생
각한다. 존 파브로는 배우로 자신의 커리어를 시작한 감독
이다. 1993년에 〈루디 이야기〉로 배우 생활을 시작한 후 그
의 커리어는 대부분 연기로 채워져 있다. 본인은 연출이나
각본에도 뜻을 두고 있었던 듯 가끔 연출이나 각본을 맡기
도 했지만 대히트작은 없었고, 2008년에 초히트작 〈아이언
맨〉의 연출을 맡으면서 본격적인 감독 생활을 시작한다. 그
후 연기와 연출을 병행했고, 다양한 작품을 맡았다. 2014년
영화 〈아메리칸 셰프〉는 감독 존 파브로의 고민이 담겨 있는
영화다.

좋은 재료를 구해서 스태프들과 함께 멋들어지게 요리해 손님들에게 내놓는 셰프나 좋은 각본으로 스태프들과 함께 멋진 영화를 만드는 감독은 닮은꼴이다. 〈아이언맨〉으로 할리우드 최고 감독의 반열에 오른 존 파브로는 로스앤젤레스의 최고 셰프인 칼과 닮아 있고, 식당 주인 역할을 맡은 더스틴 호프만은 할리우드 스튜디오의 제작자들과 닮았으며, 램지 미첼은 할리우드의 영화 평론가들과 닮아 있다. 〈아메리칸 셰프〉는 존 파브로 감독 자신에 대한 우화다. 이 사실을 떠올리면서 보면 〈아메리칸 셰프〉는 전혀 다른 영화가 된다.

이 영화에서 셰프로서 칼 캐스퍼가 겪는 일들과 하는 고민들은 영화감독으로서 존 파브로가 하는 고민들이다. 〈아이언맨〉의 기록적인 히트 이후 존 파브로는 하루아침에 할리우드에서 가장 주목받는 감독이 되었다. 어떤 영화는 히트를 치기도 했고, 어떤 영화는 망하기도 했다. 그 속에서 존 파브로는 어떻게 해야 관객들의 마음을 움직일 수 있을까 고민하기도 했을 것이고, 평론가가 쓴 글을 보면서 고통스럽고 괴로워하기도 했을 것이다.

아들인 퍼시는 관객이다. 감독에게 관객은 떼려야 뗄 수 없는 존재다. 관객 없는 감독은 있을 수 없다. 때로는 자신이 하는 일을 몰라주고, 때로는 자신이 하는 일을 SNS에 올려 다른 사람들에게 알리기도 한다. 관객은 감독이 멋진 영화를 만들어주길 기대하고 기다린다. 감독을 통해 신나는 시간

을 가질 수 있기를 원한다. "내가 할 줄 아는 건 이거야. 난 이 걸로 사람들의 마음을 움직여." 영화 속에서 자신은 사람들의 마음을 움직인다고 아들에게 말하는 칼은 관객에게 말하는 파브로 감독의 또 다른 모습이다. 지금은 비록 조금 모자란 영화를 만들고 있지만, 곧 너를 신나는 곳으로 데려가겠다고 말하고 있는 것이다.

요리 평론가 램지 미첼의 이름은 유명 셰프이자 독설가인 고든 램지의 이름에서 따온 것으로 보인다. 평론가 램지는 자신에게 독설을 날리는 할리우드 영화 평론가들이다. 자신이 고민하고 괴로워하면서 만든 작품들을 평론가들은 글 한두 줄로 아무것도 아닌 것으로 만들어버린다. 감독 존 파브로는 그 말들을 들으면서 얼마나 아팠을까? "아프다고. 네가 그런 거 쓰면 존나 아프단 말이야." 칼 캐스퍼의 입을 빌려 파브로 감독은 자신이 받은 상처에 대해 이야기한다.

이 영화에 출연하는 배우진은 굉장히 화려하다. 지나가는 역할에 불과한 전전남편 역은 로버트 다우니 주니어가 맡았고, 아주 작은 역할인 소믈리에 역할도 스칼렛 요한슨이 맡았다. 〈아이언맨〉을 함께한 인연 덕에 캐스팅할 수 있던 것으로 보이지만, 또 다른 관점으로 바라보면 로버트 다우니 주니어가 맡은 전전남편 역할 자체가 할리우드에서 자주 벌어지는 결혼과 이혼의 반복을 빗댄 것으로 보인다. 또 스칼렛 요한슨이 맡은 소믈리에 역할은 스태프로서 특이한 지위를 가지는 배우를 뜻하는 것 같다. 배우는 감독의 지휘를 받는 스태프이기도 하지만, 독립적인 아티스트이기도 하다. 소플리에는 요리에 직접 참여하는 사람은 아니지만, 요리의 맛에 시너지를 내는 역할을 한다. 이런 방식으로 존 파브로 감독은 영화 곳곳에 꼼꼼하게 상징과 은유를 배치했다.

인기 레스토랑의 메인 셰프를 하다 하루아침에 푸드트럭 요리사가 되어버린 칼 캐스퍼와 〈아이언맨〉이라는 거대한 블록버스터 영화의 감독을 맡다가 〈아메리칸 셰프〉라는 저예산 영화를 연출한 존 파브로의 모습이 겹쳐 보이는 건 자연스러운 일이다. 푸드트럭을 통해 호텔까지 인수할 정도로 부자가 된 영화의 제작자이자 요리사인 재미 교포 로이 최의 기록적인 성공담까지 생각해보면 〈아메리칸 셰프〉는 한층 유쾌하다.

Try
Everything?

*
*
*

주토피아

디즈니의 애니메이션은 믿고 본다. 1990년대 초반 〈인어 공주〉, 〈미녀와 야수〉, 〈알라딘〉으로 이어지는 3연타석 홈런을 날린 이래, 디즈니의 애니메이션은 일정 수준 이상을 보장해주는 보증수표였다. 디즈니라는 이름만 달려 있다면 별걱정 없이 돈을 내고 표를 사서 극장에 들어갈 수 있었다. 디즈니는 항상 기대에 부응했다.

주인공이 할아버지가 됐건, 얼음공주가 됐건, 로봇이 됐건, 물고기가 됐건 관계없다. 감독의 이름을 보지 않아도, 줄거리를 보지 않아도 상관없다. 디즈니라는 이름만 보고 선택해도 꽤나 만족스런 선택이 된다.

이제 몇 번째 작품인지 세기도 어려운 디즈니의 애니메이션 〈주토피아〉도 그런 애니메이션 중 하나다. Zoo(동물원)와

Utopia(낙원)를 결합한 말인 '주토피아'는 말 그대로 동물들이 사이좋게 모여 사는 이상적인 나라에서 벌어지는 일을 그린 작품이다.

경찰이 되고 싶은 토끼 주디 홉스가 경찰대학에 들어가면서 영화는 본격적으로 시작한다. 초식동물이고 덩치도 작다는 불리한 조건을 극복하고 주디는 당당히 수석으로 졸업해 주토피아로 발령을 받는다. 고향을 떠나 주토피아에 도착한 주디는 한껏 기대를 품고 경찰서에 가지만, 자기가 원하는 보직은 전부 사자나 곰 같은 덩치 크고 힘센 육식동물들의 차지다. 주디에게 돌아온 자리는 주차 단속 요원. 크게 실망한 주디지만, 고향에 있는 부모님과 통화를 할 때는 자신이 아주 잘 지내고 있으니 아무 걱정하지 말라고 큰소리를 친다.

큰소리를 친다고 현실이 바뀌는 건 아니다. 자신은 고작 주차 단속 경찰일 뿐이다. 자신의 장기를 살려 업무에서 좋은 성과를 거두지만 그뿐이다. 그러던 어느 날, 지루한 일상을 보내던 주디는 우연히 큰 사건에 휘말리게 된다. 주토피아의 상위 계층이라 할 수 있는 육식동물 연쇄 실종 사건을 수사하게 된 것이다. 경찰서장은 주디의 실력을 신뢰하지 않아 48시간 내에 해결하지 못하면 해고하겠다고 으름장을 놓는다.

자기가 원하던 강력 사건을 수사하게 되어 행복해할 틈도 없이 주디는 주토피아 사방을 돌아다니며 고강도 수사를 펼

친다. 마피아와 협상을 하기도 하고 열대 밀림에서 정체 모를 동물과 싸우기도 하는 등 여러 가지 어려움을 겪은 끝에, 마침내 범인을 잡은 주디는 그 정체에 놀란다. 육식동물들에게 범죄를 저지르게 하고 실종되도록 만든 범인은 바로, 시장의 비서이자 순한 양인 벨 웨더였던 것이다.

사건을 해결한 주디는 마침내 모두의 인정을 받아, 자기가 원하던 강력계 경찰로 활동하게 된다. 모든 사건이 해결되고 말미에는 사건 중간중간 등장하는 주토피아의 팝스타 가젤의 노래이자 영화의 주제가인 'Try everything'의 무대가 뮤직비디오처럼 흘러나오면서 마무리된다.

흠잡을 데 없이 잘 만들어진 애니메이션이다. 디즈니답게 처음부터 끝까지 깔끔하게 떨어진다. 동물들의 크기 차이나 특성을 잘 살린 도심 추격 신이나 기린 자동차 같은 기발함은 말할 것도 없고, 복지부동하는 공무원들의 특성을 잘 풍자한 나무늘보 플래시나 마피아 보스 미스터 빅 같은 귀여운 캐릭터들, 깔아놓은 복선들을 하나하나 회수하는 이야기의 만듦새에 이르기까지 단 한 군데도 흠잡을 데가 없다.

그러니 영화를 보고 나서 굉장히 만족스러워야 한다. 만족스러운 것이 맞다. 영화를 보면서도 정말 잘 만들었다는 감탄이 계속 튀어나왔다. 그런데 영화를 보는 내내 목에 가시가 걸린 것처럼 계속 찜찜했다.

이 찜찜함의 정체는 뭘까? 영화를 보는 내내 찜찜함의 정체에 대해 생각했다. 정말 재밌는 영화인데 영화를 즐기지 못하고 알 수 없는 찜찜함에 매달리고 있는 내 자신이 한심하다는 생각도 들었지만, 어쩌겠는가. 목에 걸린 가시 하나에 인생 최고의 식사를 망치는 것이 우리 인생 아닌가? 이 찜찜함의 실체는 마지막에 샤키라의 목소리를 타고 영화의 주제가가 들리면서 정확히 알게 되었다.

"I messed up tonight. I lost another fight. I still mess up but I'll just start again. I keep falling down. I keep on hitting the ground. I always get up now to see what's next. … I won't give up no I won't give in. Till I reach the end and then I'll start again. No I won't leave I wanna try everything. I wanna try even though I could fail. Oh oh oh oh oh (Try everything)…."

세상의 문제들을 바라보는 관점에는 두 가지가 있다. 어떤 문제가 생기면 그 문제를 구조적 불합리함으로 보고 구조를 고쳐야 한다는 관점이 있고, 구조적으로는 문제가 없으니 문제에 맞닥뜨린 개인이 각자 해결해야 한다는 관점이 있다. 전자를 진보적 관점, 후자를 보수적 관점이라고 부른다.

이 두 관점은 문제에 대한 상반된 해법을 제시한다. 진보적 관점은 개인의 책임보다는 세상의 불합리함을 고쳐나가는 해법을 선호하고, 보수적 관점은 개인이 자신의 문제를 알아서 해결하는 해법을 선호한다. 보수적 관점이나 진보적 관점은 어느 한쪽이 절대적으로 옳다고 말할 수 없다. 어떤 경우에는 구조적 접근이 어떤 경우에는 개인적 접근이 적절하기 때문이다.

하지만 현대 사회가 되고 세상이 복잡해지고 고도화되면서 보수적 관점보다는 진보적 관점이 문제 해결에 도움이 되는 경우가 많다. 문제들이 복잡해지고 규모가 커지면서 개인적으로 해결하는 것이 거의 불가능에 가깝기 때문이다. 실업 문제, 환경오염 문제, 치안 문제 등등 대부분의 문제가 덩치가 너무 커지고 복잡해져서 한 개인이나 집단이 해결하는 것보다 사회나 국가 차원에서 해결하는 것이 훨씬 효과적일 수밖에 없다.

예전부터 디즈니는 보수적인 시선으로 악명 높았다. 〈라이언킹〉은 선역인 심바와 무파사를 밝은색으로, 악역인 스카를 어두운색으로 표현함으로써 은연중에 인종 차별 의식을 드러냈다는 비판을 받은 바 있고, 〈미녀와 야수〉 등에서는 가부장적인 세계관으로, 〈포카혼타스〉에서는 오리엔탈리즘으로 비판을 받은 바 있다.

이런 비판은 일견 타당하지만, 다른 쪽에서 보면 억울한 면도 있다. 대중예술이란 대중을 한참 뛰어넘어서 존재하는 게 아니다. 대중의 공감과 함께 반보 정도 앞서가야만 생명력을 얻을 수 있다. 때문에 성이나 인종에 대한 인식 같은 대중의 고정관념들을 한참 앞서가는 작품을 만든다는 것이 쉬운 일은 아니다. 그랬다간 흥행에 치명적인 문제가 생길 수 있다. 상업 애니메이션에서 흥행은 제1의 고려사항일 수밖에 없다.

때문에 제작사 입장에선 안전한 선택을 해야 하고, 따라서 내용이 다소 보수적이 되는 건 이해할 수 있는 일이다. 이런 상황을 이해하고 있는데도 〈주토피아〉는 유난히 불편하게 느껴졌다. 그 이유는 아마도 〈주토피아〉가 시대정신을 정면으로 거스르고 있다고 생각했기 때문인 것 같다.

2008년 금융위기 이후 더욱 심해진 빈부격차는 결국 아큐파이 월스트리트(월스트리트를 점령하라) 운동을 촉발시켰다. 10퍼센트의 부자가 세계 부의 절반 이상을 소유·향유하고, 다른 한쪽에서는 먹을 것이나 잠잘 곳이 없는 이상한 현실을 극복해야 한다는 이 운동은 미국 전역을 뜨겁게 달궜다. 이 운동 이후 많은 사람들이 빈부격차를 반드시 해결해야 할 문제로 인식하게 되었다.

세상의 갈등은 수만 가지가 존재하고, 빈부격차로 인한 갈등은 그중 하나일 뿐이지만, 이는 생존권과 직결된 문제다. 또 역사적으로 살펴보면 멸망하는 국가는 전부 빈부격차가

심각한 수준으로 벌어져 있었다는 공통점이 있다. 빈부격차는 반드시 해결해야 하는 문제이고, 수많은 이해관계가 뒤엉켜 있기 때문에 섬세하고 조심스럽게 다뤄야 하는 문제다.

세상이 10퍼센트의 부자와 90퍼센트의 가난한 사람으로 나뉘어 있다는 아큐파이 월스트리트 운동의 인식은 거친 인식이긴 하지만, 20세기 이후 빈부격차가 최대로 벌어진 현 시대상을 반영하고 있다.

〈주토피아〉는 이런 시대상을 반영한 영화다. 육식동물과 초식동물은 각각 부유한 사람과 가난한 사람을 상징한다. 처음에는 이들이 사는 세상에서 육식동물은 악당이고, 초식동물은 피해자라는 고정관념이 진실인 것처럼 나온다. 주인공인 주디는 초식동물이라는 이유로 자신이 원하는 직장에 취직하기도 어렵고, 가까스로 취직한 직장에서는 자신이 원하는 일을 하는 게 불가능하다. 이런 상황에서 어떤 육식동물들은 광기에 사로잡혀 초식동물들을 습격한다. 여기까지는 아큐파이 월스트리트 운동이 보여준 문제의식과 일치한다.

하지만 이후에 보여주는 문제에 대한 원인 분석은 한쪽으로 완전히 편향되어 있다. 영화 속에서 육식동물은 별 문제가 없으며, 오히려 초식동물의 편인 척하는 벨 웨더가 초식동물들을 속이고, 선동하고 있다. '주토피아'는 구조적 문제를 가지고 있지 않은 세상이다. 주디가 취직하지 못하는 이유도, 자신이 원하는 강력계로 가지 못하는 이유도, 전부 주디가 열심히 하지 않은 탓이다. 이런 주제의식이 주제가인 'Try everything'에 오롯이 담겨 있다. 내가 실패하는 이유는 전부 내가 도전하지 않은 탓이다. 열심히만 하면 어떤 일이든 해낼 수 있으니 열심히 하기만 하면 된다고 말한다.

정말 그런가? 우리가 사는 세상에서 우리가 원하는 일을 성취하지 못하는 것은 우리 탓인가? 내가 열심히 하기만 하면 어떤 것이든 이룰 수 있었는데, 열심히 안 한 탓에 실패하고 있는 건가? 자리가 열 개밖에 없는데 열두 명이 자리에 앉으려고 하면, 두 명은 아무리 노력을 해도 자리에 앉을 수 없다. 두 명이 자리에 앉지 못하는 것은 그들이 노력을 안 했기 때문이거나 그들이 나태하기 때문이 아니라, 자리가 두 개 부족하기 때문이다.

그런데 영화 〈주토피아〉는 이런 현실을 무시한다. 아니, 오히려 반대로 얘기한다. 주디가 원하는 일을 하지 못했던 것은 인종차별이나 남녀차별, 빈부격차 때문이 아니라 주디가 충분히 노력하지 않았기 때문이다.(주디가 암토끼처럼 보이는 것은 우연이 아니다.)

영화는 '육식동물들이 세상을 장악하고 있다. 초식동물이 육식동물에 비해 차별받고 있다'는 생각은 허구이며, 그렇다고 말하는 초식동물이 있다면 그는 자신의 이익을 위해 다른 초식동물들은 속이고 선동하는 것뿐이라고 말한다. 벨 웨더를 바라보는 카메라에서 버니 샌더스를 바라보는 보수 매체들의 시선을 느꼈다고 하면 오해일까?

보수적인 미디어들과 자본가들은 항상 말한다. 이 세상에는 별 문제가 없으며, 혹시라도 문제가 있다면 그것은 불평불만에 가득 차 다른 이들을 들쑤시고 다니는 선동가들 때문에 생긴 문제라고 말이다. 노조가 문제고, 파업이 문제라고 말한다. 취업이 안 되는 것도, 가난한 것도 모두 네 잘못이라고 말한다. 할렘에서 자라나 큰 부를 이룬 사업가 같은 희귀한 성공 사례를 들면서 너도 그렇게 할 수 있으니 열심히 하라고 말한다.

나는 다시 한 번 물어볼 수밖에 없다. 과연 그런가? 가난한 사람들은 열심히 살지 않았기 때문에 가난하고, 부자는 부지런히 살았기 때문에 부자가 된 것인가? 물론 게을러서 가난한 사람도, 부지런해서 부자가 된 사람도 있을 것이다. 하지만 아무리 열심히 살아도 가난을 벗어나기 힘든 사람들, 별 노력 없이 물려받은 재산으로 부자가 된 사람들이 훨씬 많다. 그런데도 그들의 가난이나 부가 노력의 정도 때문이라고 말할 수 있는가?

디즈니가 그들의 작품 속에서 늘 보수적인 시각을 드러냈다고 해도 〈주토피아〉의 시각은 이전 작품들과 달리 심각하다. 우리 시대가 정면으로 마주하고 있는 문제를 부정하고 나아가서는 그 해법을 정반대로 제시했기 때문이다.

우리가 살고 있는 세상의 빈부격차는 날로 심각해지고 있다. 지금은 버틸 수 있는 수준인지 몰라도 언젠가 곪아서 터질 수밖에 없다. 병은 빨리 치료하면 쉽게 치료할 수 있지만, 나중에는 치료가 불가능한 수준으로 발전할 수도 있다.

하지만 〈주토피아〉는 이런 인식에서 눈을 돌리고 모든 문제를 개인의 탓으로 돌리고 있다. 일방적으로 자본의 편을 드는 위험한 사상이 화려하고 재미난 내용 속에 교묘하게 감추어져 있다. 깜빡 속아 넘어가기 쉬울 수밖에 없다. 우리도 모르는 사이에 구조의 문제를 자신의 문제로 인식하게 되는 것이다.

〈주토피아〉는 정말 잘 만든 작품이다. 디즈니의 보수적인 시선을 교묘하게 감추고 그럴싸하게 포장했다. 누구나 재밌게 볼 만한 영화다. 그렇기 때문에 훨씬 더 위험하다. 권력과 자본은 자신들에게 유리한 사상을 늘 교묘하게 전파해왔다. 문화 상품은 가장 정점에 올라 있는 권력이나 자본의 사상 전파 수단이다.

이런 의미에서 〈주토피아〉는 반드시 봐야 할 영화다. 영화를 보고 권력과 자본이 얼마나 교묘하고 멋있게 자신의 사상을 포장하고 전달하는지를 확인해야 한다. 당의정 안에 얼마나 무서운 것이 숨어 있는지 분명히 봐야 한다. 디즈니는 〈주

토피아)를 통해 유토피아가 있다고 말하고 싶었겠지만, 유토
피아는 없다는 걸 다시 한 번 확인해주는 꼴이 되었다.

문제의 진짜 원인이 무엇인가

*
*
*

엘리트 스쿼드 2

우리나라 영화 흥행에서 중요한 숫자는 천만이다. 관객 숫자가 천만이 넘어야 진정한 흥행 영화로 인정을 받는다. 천만 영화가 되면 2차 저작권료나 해외 판권료가 달라지고, 영화를 제작한 영화사, 영화를 만든 감독, 출연한 배우 모두 몸값이 올라간다. 그래서 관객 숫자가 천만에 다가가면 영화사는 그 천만을 넘기기 위해 갖가지 방법을 동원한다. 특별한 이벤트를 열기도 하고, 할인된 표를 뿌리기도 한다. '관객 천만'이라는 숫자는 영화를 제작하는 모든 사람의 꿈이다.

우리나라 영화 중에서 지금까지 관객 천만 명을 동원한 영화는 모두 몇 편이나 될까? 영화진흥위원회 통합전산망 구축 전의 천만 영화인 〈실미도〉와 〈태극기 휘날리며〉 그리고 가장 최신의 천만 영화인 〈부산행〉까지 포함해 모두 18편이다.

이 중에 우리나라 영화는 14편이고, 할리우드 영화는 4편에 불과하다. 제임스 카메론 감독의 〈아바타〉가 1,300만을 동원해 한국 외화 흥행 1위를 차지하고 있고, 〈어벤져스: 에이지 오브 울트론〉, 〈인터스텔라〉, 〈겨울왕국〉이 그 뒤를 이어 자리하고 있다.

한 나라 국민의 정서와 문화를 가장 잘 이해하고 있는 영화가 자국에서 가장 히트해야 하지만 현실은 다르다. 할리우드 영화(미국 영화)가 전 세계 영화 시장을 거의 석권하다시피 하고 있다. 영화 흥행 랭킹에서 자국 영화가 가장 높은 자리를 차지하고 있는 나라는 거의 없다. 우리나라는 세계 영화 시장에서 대단히 특이한 경우인 셈.

이런 특이한 나라들 중에 브라질이 있다. 브라질은 축구 강국이긴 하지만 영화 강국은 아니다. 우리가 아는 브라질 영화가 몇 편이나 될까? 그럼에도 불구하고 브라질 역대 영화 흥행 순위에서 제일 높은 자리를 차지하는 건 브라질 영화다. 2008년 개봉한 〈다크 나이트〉와 2009년 개봉한 〈아바타〉를 멀찍이 뒤로 하고 6,200만 달러의 수익을 올린 호세 파딜라 감독의 〈엘리트 스쿼드 2〉가 그 주인공이다.

1980년대에 파울 페르후번 감독의 〈로보캅〉을 보고 감동받았다가 2014년에 호세 파딜라의 〈로보캅〉 리메이크를 보고 실망한 사람들이 많다. 이 영화가 실패한 것이 감독 때문이라고 생각할 수 있지만, 〈엘리트 스쿼드〉를 본 사람이라면

〈로보캅〉 리메이크작이 실망스러운 이유가 감독 때문이라고 생각할 가능성은 적다.

두 영화는 비슷한 문제의식을 가지고 있는데, 〈엘리트 스쿼드〉를 그렇게 멋지게 만들어낸 호세 파딜라 감독이 〈로보캅〉이라고 잘 못 만들 이유가 없다. 〈로보캅〉 리메이크작이 실망스러웠던 이유는 아마도 감독에게 전권을 주지 않고 스튜디오에서 시시콜콜 간섭한 탓이 클 것 같다.

〈엘리트 스쿼드 2〉 이야기로 돌아가보자. 먼저 호세 파딜라 감독은 교황의 브라질 방문을 앞두고 '파벨라'라고 불리는 브라질 빈민가에서 벌어지는 브라질 특수경찰대 '보피'와 마약상 간의 전쟁을 그린 〈엘리트 스쿼드〉로 베를린영화제 금곰상을 수상하며 그 이름을 세계에 알렸다. 이후 감독은 전편에 대한 높은 평가에 힘입어 스케일이 확 커진 속편을 제작한다. 그리고 어딘가 모르게 허술한 B급 영화 〈터미네이터〉에 대한 높은 평가를 바탕으로 매끈하게 잘 만들어진 블록버스터 〈터미네이터 2〉를 뽑아낸 제임스 카메론 감독처럼, 호세 파딜라 감독도 1편을 능가하는 속편을 만들어냈다.

다른 모든 엔터테인먼트와 마찬가지로 우리는 우리의 결핍을 채우기 위해서 영화를 본다. 웃음이 필요할 때는 코미디영화를 보고, 사랑에 굶주렸을 때는 로맨스영화를 본다. 우리는 무의식중에 영화를 보며 우리의 결핍을 채운다. 크게 흥행한 영화를 살펴보면 그 시대의 결핍을 읽을 수 있다.

〈변호인〉이 1,100만 관객을 동원할 수 있었던 이유나 〈명량〉이 1,700만이란 기록적인 스코어를 올린 것은 그 당시 시대 상황과 절대 무관하지 않다. 다들 완성되었다고 말했던 절차적 민주주의가 무너진 2013년의 상황이나 바다에서 일어난 큰 사고로 인해 온 국민이 슬픔에 잠겼던 2014년의 상황이, 그 영화들의 흥행에 영향을 미쳤을 것이다.

〈엘리트 스쿼드 2〉의 흥행도 이런 측면에서 한번 생각해볼 만하다. 전편 〈엘리트 스쿼드〉에서 다뤘던 보피와 마약상의 전투는 마약상으로 대표되는 '시스템'을 적대자로 삼고있다. 제작비와 스케일이 커진 속편에서는 악역인 '시스템'의 스케일도 커진다. 범죄자를 소재로 한 전편과 달리 속편에서 호세 파딜라 감독은 범죄자를 만들어내는 사회와 국가 구조에 카메라를 정면으로 들이민다.

왜 빈민가와 마약상이 생기는가? 왜 경찰과 경찰 조직은 부패하는가? 왜 정의는 외롭고 연약한가? 왜 부패한 정치가들이 집권하는가? 어째서 이런 부당한 일이 계속되는가? 등등. 감독은 브라질 사회가 현재 해결해야 할 문제들에 대해 집요하게 파고든다.

영화 초반에 주인공 나시멘투 대령(와그너 모라 분)을 통해바라본 호세 감독의 시선은 마치 꼴통 파시스트처럼 보인다.범죄자들의 인권을 지켜주려다 경찰이 죽거나 시민이 다치는 장면들이 그것이다. 나시멘투 대령을 통해 이런 사건을 바라본 우리는 어떤 생각을 하게 될까? 범죄자들의 인권 같은 시시하고 사소한 문제 때문에 정작 중요한 문제들을 놓치고 다른 문제들이 생겨난다고 생각하게 되지 않을까?

그런데 슬럼가에 사는 공부를 못하는 소년의 이야기가 나오면서 감독의 시선은 극적으로 바뀐다. 사람들은 소년이 공부를 못하는 이유가 노력을 안 했거나 머리가 나쁜 탓이라고 생각했지만, 실은 그가 눈이 나빠서 제대로 공부를 못했기 때문이라는 것을 알게 되는 것이다. 소년이 공부를 잘하게 만들기 위해선 그에게 노력하라고 말하거나 공부를 가르치는 것보다 안경을 사줄 필요가 있었다.

나시멘투 대령 또한 슬럼가에서 생기는 문제들의 원인을 잘못 파악했다. 어떤 문제의 해결을 위해선 원인을 올바르게 파악해야 한다. 나시멘투 대령이 하찮다고 생각했던 문제가 오히려 중요한 일이며, 나시멘투 대령이 지키려고 했던 것이 오히려 나시멘투 대령이 없애려고 했던 바로 그것이라고 감독은 말한다. 아마 이것이 호세 파딜라 감독이 〈엘리트 스쿼드〉 1, 2편을 통해 말하고자 했던 바가 아닌가 싶다. 우리가 지키려고 하는 대상이 사실은 우리가 없애려고 하는 바로 그 대상이 아닐까?

〈엘리트 스쿼드〉를 통해 바라본 브라질은 개인 간의 신뢰가 무너진 사회다. 만인에 대한 만인의 투쟁이며, 각자도생만

이 개인이 자신의 행복을 추구할 수 있는 유일한 방법이다. 동료를 믿고 신뢰하는 것보다는 자신의 문제를 자신이 해결해나가는 것이 〈엘리트 스쿼드〉 시리즈를 통해 바라본 브라질의 문화다.

다른 한편으로 생각해보자. 브라질 하면 축구다. 브라질은 축구가 종교 같은 나라다. 축구는 그 나라의 문화를 반영한다. 사회는 축구에, 축구는 사회에 되먹임을 하면서 영향을 미친다. 조직력을 중시하는 유럽 축구와 달리 브라질 축구는 유달리 개인기를 중시한다. 그만큼 브라질 축구 선수들의 개인기는 남다르다. 축구를 사회 문화 현상의 하나라고 본다면 이것은 그냥 넘길 일은 아니다. 구성원들 간의 신뢰를 기반으로 사회와 국가가 유지되는 유럽과 각자가 각자의 삶을 모색해야 하는 브라질의 차이가, 조직력 위주의 유럽 축구와 개인기를 중시하는 브라질 축구의 차이를 만든 것은 아닐까?

또한 이런 사실은 점점 더 경쟁만을 강조하는 우리나라 사회에 시사점을 던져준다. 몇 년 전부터 우리나라를 강타한 오디션 프로그램 열풍은 우연이 아니라고 생각한다. 브라질에서 축구선수가 되는 것이 거의 유일한 사회 계층 상승 방법이라 모든 아이들이 골목마다 공을 차게 된 것처럼, 우리나라도 연예인이 되는 것 외에 계층 상승이 불가능해졌기 때문에 아이들이 연예인이 되려고 하는 것은 아닐까? 또 경쟁만 강조하는 우리 사회 분위기가 가혹한 오디션을 당연한 경쟁으로 보이게 만들어 오디션 프로그램이 인기를 끄는 것은 아닐까?

일본 만화잡지 〈점프〉의 편집장이 말한 것처럼 사회 현상을 일으키는 작품은 바란다고 만들어지는 것이 아니며, 풍부한 재능을 지닌 창작자가 시대의 요청을 읽고 그에 부응하는 작품을 만들었을 때 비로소 탄생한다. 호세 파딜라 감독은 풍부한 재능으로 브라질 국민들이 바라는 바를 잘 읽었고 그에 걸맞는 좋은 작품을 만들었다. 브라질 관객들은 자국의 현실을 예리하게 파헤친 〈엘리트 스쿼드 2〉를 역대 최고 흥행 영화로 만들어주었다. 덕분에 브라질은 세계에서 보기 드물게 자국의 영화가 전체 영화 흥행 순위에서 가장 높은 자리를 차지할 수 있었다.

〈엘리트 스쿼드 2〉는 왜 부패가 해로운지, 왜 정치가 중요한지, 왜 시스템을 바로잡는 것이 어려운지를 브라질이라는 극단적인 사례가 펼쳐지는 공간을 배경으로 잘 보여준다. 오락성도 잘 갖추고 있는 좋은 영화다. 독자 여러분도 꼭 한번 보시길.

줄도 백도 없는
가장의 고민

*
*
*

부당거래

현재 활동하는 우리나라 감독 중에 그 이름을 보고 관객이 영화를 선택하게 만드는 감독은 몇 명이나 될까? 아마 10명 정도밖에 안 될 것이다. 넉넉하게 잡아도 15명 정도? 류승완 감독이 그중 한 명이라는 말에 이견을 달 사람은 많지 않으리라.

영화감독은 겉으로 보기엔 화려한 직업이지만, 막상 뚜껑을 열고 실상을 살펴보면 고단하고 신산한 직업이다. 캐스팅을 위해 배우들 비위 맞춰야 하지, 투자자들에게 잘 보여야하지, 같이 일하는 스태프들도 이끌어야 하지. 어렵게 준비한 시나리오는 사소한 이유로 틀어져 엎어지기 일쑤고, 심할 때는 영화를 찍고도 개봉 못 하는 일이 부지기수다. 어렵게 어렵게 개봉을 한다 해도 사소한 논란이나 사고로 흥행에 실패해버리면 개봉 안 하느니만 못한 결과가 나오기도 한다.

운 좋게 영화 한 편이 성공했다고 해서 다음 영화의 성공이 보장되는 것도 아니다. 영화가 성공하면 다음 영화를 만들기는 쉬워지지만, 그 영화가 성공한다는 보장도 없다. 감독이 영화를 만드는 건 살얼음판을 걷는 것과 비슷하다. 성공 공식이 있는 것도 아니고, 자신을 제외한 어느 누구도 결과를 대신 책임져주지 않는다. 책임져줄 수도 없다. 성공과 실패를 오롯이 자신이 책임져야 한다. 외로운 일이다. 스트레스를 많이 받는 일이며, 그래서 때로 어떤 감독들은 그 스트레스를 자신보다 약자인 스태프들에게 해소하기도 해서 문제가 되기도 한다.

〈부당거래〉는 그런 류승완 감독의 고민을 엿볼 수 있는 영화다. 2000년에 〈죽거나 혹은 나쁘거나〉로 화려하게 데뷔한 류승완 감독이 항상 꽃길만 걸은 것은 아니다. 〈죽거나 혹은 나쁘거나〉로 세상에 자신의 이름을 알린 이래 계속 영화를 찍었고, 나쁘지 않다는 평가를 받긴 했지만, 그렇다고 대단한 영화라는 평가를 받는 작품도 없었다. 잘된 영화도 있었지만, 잘 안 된 영화도 있었다.

팬들도 많고 잘나가는 감독이긴 했지만, 최고의 감독이라고 하기엔 몇 프로 부족한 느낌을 주는 감독이었다. 그의 팬중 꽤 많은 사람들이 데뷔작 〈죽거나 혹은 나쁘거나〉를 최고의 작품으로 꼽았다. 데뷔작이 대단했다고 말할 수도 있지만,

이후에 작업들이 시원치 않았다고 말할 수도 있다. 2010년 〈부당거래〉가 개봉하고 나서야 비로소 류승완 감독은 만년 유망주라는 타이틀을 떼고 최고 감독들의 반열에 설 수 있게 되었다.

어떤 일을 한 지 10년쯤 되면 누구나 기로에 서기 마련이다. 10년은 짧은 시간이 아니다. 류승완 감독도 그 시점쯤에 영화감독으로서 변곡점에 서 있었던 듯하다. 영화감독으로 10년 동안 일하면서 이거다 할 만한 작품, 영화사에 남을 만한 대단한 작품을 만들었다고 하기는 어려웠기 때문이다. 류승완 감독은 고민했을 것이다. 이쯤해서 뭔가 하나를 만들어내야 한다. 세상에 확실하게 '류승완'이라는 이름을 각인할 수 있는 작품을 만들어내야 한다고 생각했을 것이다. 영화계에서 확고하게 자리를 잡고, 자기 식구들을 먹여 살릴 수 있을 만한 위치에 서야 한다고 생각했을 것이다.

〈부당거래〉에 나오는 최철기 반장(황정민 분)은 수많은 강력범죄를 해결하며 경찰 광역수사대의 에이스라고 불리지만, 경찰대 출신이 아니기 때문에 팀장 승진에서 번번이 물을 먹는다. 꽤 오랫동안 활약을 한 덕에 따르는 부하 형사들도 많지만, 자신이 팀장을 달지 못하는 탓에 부하들 또한 조직 내에서 번번이 물을 먹는다.

엎친 데 덮친 격으로 자신의 이름을 팔아 돈을 받아먹은 매제로 인해, 또 업자로부터 돈을 받은 부하 형사로 인해, 감찰팀에서 최철기 반장 본인을 쫓기 시작한다. 하지만 이 또한 자신이 책임져야 할 일이다. 이쯤에서 뭔가를 보여주지 못하면 자신과 가까운 주변 사람들 모두가 힘들어진다. 최철기는 실적 압박에 시달릴 수밖에 없다.

이런 상황에서 최철기에게 동아줄이 하나 드리워진다. 최철기는 이게 멀쩡한 동아줄인지 썩은 동아줄인지 알 수 없지만, 이 동아줄을 잡아야만 한다. 사상 초유의 연쇄 살인 사건이 벌어졌는데 범인을 잡기는커녕 속수무책으로 당하고 있는 경찰에 국민적 질타가 쏟아진다. 대통령마저 범인을 잡겠다는 의지를 공개적으로 발표한다. 경찰 수뇌부에서는 범인을 만들어서라도 국민들에게 사건이 해결됐다는 '그림'을 보여주어야 하는 상황이다. 그들은 최철기에게 거부할 수 없는 제안을 한다. 감찰도 막아주고, 사건이 무사히 해결되면 승진도 시켜줄 테니 범인만 '만들어'내라고.

최철기가 선택된 이유는 줄도 백도 없기 때문이다. 줄도 백도 없지만 유능해서 그 자리에 설 수 있었기 때문에 사건을 잘 처리할 수 있고, 만에 하나 사고가 생긴다 해도 꼬리 자르기가 용이하기 때문. 실제로 절벽 끝에 서 있는 건지 아니면 본인이 절벽 끝에 서 있다고 착각하는 건지는 알 수 없지만, 독이 든 사과건 썩은 동아줄이건 간에 답이 결정되어 있는 제안이다.

최철기는 제안을 받아들이고 범인 제작에 착수한다. 조폭 출신 사업가인 장석구(유해진 분)에게 범인을 만들어줄 것을 의뢰하고 체포하는 그림을 만들어낸다. 여기서 사건이 마무리됐다면 최철기에게는 해피엔딩이 되었겠지만, 세상은 이대로 사건이 마무리되도록 놔두지 않는다.

최철기로 인해 궁지에 몰린 검찰은 그를 공격하기 시작하고, 최철기와 거래를 했던 장석구 또한 그에게 무리한 요구를 한다. 해피엔딩에 대한 희망은 새드엔딩이 될 것 같다는 절망으로 바뀐다.

진퇴양난에 빠진 철기에게 부하 형사 대호(마동석 분)가 묻는다. "형님 우리가 잘하고 있는 거 맞죠?" 철기에게 허락된 대답은 한 가지뿐이다. "지금 이 마당에 잘하고 있는 게 중요하냐? 잘하고 있다고 믿는 게 중요하지."

기차에 타기 전까지 사람에게는 여러 가지 선택지가 있다. 지금 타느냐 나중에 타느냐, 아예 타지 않느냐. 하지만 기차에 오르고 나면 선택의 여지는 없다. 계속 달리는 수밖에 없다. 지금 자신이 맞는 방향으로 가고 있는지 아니면 그렇지 않은지는 중요하지 않다. 그런 질문은 사치다. 자신이 맞는 방향으로 가고 있다고 믿고, 더욱 열심히 달려가는 수밖에 없다.

최철기는 그렇게 믿고 열심히 달려간다. 하지만 선택이 허락되지 않은 길의 끝에는 대개 절벽이 기다리고 있기 마련이

건배———!

꿀꺽! 꿀꺽! 꿀꺽!

캬〰〰아!

형! 근데
우리 낼 출근 안 해ㄹㄹ.

• • • • • • • • • •

이 마당에
그게 중요하냐!

와———! 마셔! 마셔!

다. 철기가 탄 기차는 절벽을 향해 빠르게 달려간다. 철기는 석구와 거래를 하기 위해 간 장소에서 대호를 만나 사고로 대호를 죽이고, 자신과 자신의 사람들을 지키기 위해 대호의 죽음을 감춘다. 하지만 이 모든 사실이 부하 형사들에게 들통나 그들의 손에 죽는다. 한편 '그림'을 만들기 위해 범인이 되어야만 했던 동석은 진범이었으며, 자신을 구렁텅이로 빠뜨린 사람 중 하나인 주양 검사(류승범 분)는 아무 탈 없이 기차에서 내린다.

이렇듯 철기는 자신이 지키려고 했던 사람들에게 오히려 해를 입히고, 해를 입혔기 때문에 그 사람들에 의해 결국 인생을 마감하는 비극을 맞게 된다. 처음부터 독이 든 사과를 먹지 않았으면, 잘못된 방향으로 가는 기차에 올라타지 않았으면 벌어지지 않았을 일들이지만, 욕심이 눈을 멀게 만들었다. 지키겠다는, 지켜야만 한다는 의지 때문에 비극이 잉태되고, 철기가 탄 기차는 절벽에서 떨어진 것이다.

아마 우리 사회에서 많은 가장들이 겪는 비극이 이런 것이 아닌가 싶다. 가족을 지키겠다는 욕심으로 무리한 행동을 하지만, 그 행동은 자신과 가족을 지키기는커녕 오히려 해치는 결과를 낳는다. 대한민국의 수많은 가장들이 이런 비극적 결말을 맞는다.

결국 류승완 감독의 〈부당거래〉는 가장의 이야기다. 한 집안의 가장 그리고 한 경찰팀의 가장으로서 철기의 고민은 한 집안의 가장이자 영화팀의 가장으로서의 류승완 감독의 고민과 맞닿아 있다. 〈부당거래〉가 감독 류승완에게 전환점이 될 수 있었던 것은 영화감독이자 한 집안의 가장인 인간 류승완의 고민이 영화에 그대로 녹아들어가 있었기 때문이 아닐까?

〈부당거래〉는 좋은 영화다. 하지만 영화가 개봉된 이후 사람들은 〈부당거래〉가 좋은 영화가 될 수 있었던 것은 류승완이 영화를 잘 찍어서라기보다는 박훈정의 시나리오가 좋았기 때문이라는 얘기를 많이 했다. 물론 박훈정 감독의 시나리오가 좋았기 때문에 〈부당거래〉가 좋은 영화가 된 것이다. 하지만 그렇다고 류승완 감독의 역할이 작다고 말하는 것은 섭섭한 얘기다.

류승완 감독이 직접 밝힌 바에 따르면 영화를 찍을 때 사용된 시나리오는 박훈정 감독이 쓴 대사가 거의 남아 있지 않다고 말해도 될 만큼 각색이 많이 된 상태였기 때문이다. 덧붙이자면, 류승완 감독이 〈부당거래〉의 시나리오를 많이 고쳤다는 이야기를 한 것은 시나리오를 많이 고쳤다는 사실이 박훈정 감독의 명성에 영향을 미치지 않을 만큼 그의 이름이 커진 이후다. 〈부당거래〉가 개봉하던 당시에는 박훈정 감독이 무명에 가까운 신인 시나리오 작가였기 때문에 위와 같은 영화에 대한 평을 들어도 박 감독에게 피해가 될까 걱정해서 사실을 이야기하지 않았다고 한다.

원래 류승완 감독은 인상적인 대사를 잘 쓴다는 평가를 받지만, 그중에서도 〈부당거래〉의 대사들은 두고두고 회자가 된다. 박훈정 감독의 시나리오를 많이 고쳤다는 점을 생각해보면 이 대사들은 류승완이 쓴 대사라고 봐도 무방할 것이다. 〈부당거래〉에 유독 명대사가 많은 건 류승완 감독이 실제로 하던 고민들을 영화에 담았기 때문이라고 봐도 되지 않을까?

류승완 감독은 영화를 통해 '부당거래'에 대한 놀라운 통찰을 담아내는 데 성공했다. 이 영화의 수많은 명대사들 중에서도 최고로 꼽는 대사는 "호의가 계속되면 권리인 줄 안다"는 주양 검사의 대사다. 한번 생각해보자. 우리는 많은 것을 착각하고 산다. 당연하지 않은 것들을 당연하게 받아들이고, 누군가의 선의 때문에 가능한 것들을 내가 잘나서 가능한 것으로 착각한다. 내가 누군가에게 혹은 누군가가 나에게 굳이 베풀지 않아도 되는 호의를 베풀기 때문에 가능한 모든 일들을 당연히 누려야 할 것으로 착각한다. 그런 반복에 익숙해지고 나면 누군가의 호의는 나의 권리가 되어버린다.

'부당거래'는 누군가의 호의와 내 권리 사이에서 싹튼다. 권리는 내가 누려야 마땅한 것이다. 호의는 다르다. 호의는 내가 누리고 싶은 것이다. 누군가 호의를 거두려고 할 때 호의를 지속시키기 위해서는 나도 호의를 베풀어야만 한다. 둘 사이에서 이 호의가 지속되면 역시 권리가 된다. 부당거래가 계속되면서 거래에 가담한 사람들이 '권리'를 누리는 동안 누군가는 피해를 보게 된다. 힘센 자들이 권리를 누리는 동안 힘 약한 사람들은 피해를 본다. 결국 어떤 권리도 누리지 못하는 약자들은 벼랑 끝으로 내몰리고 떨어진다. 이것이 류승완 감독이 생각하는 '부당거래'의 본질이다.

〈부당거래〉는 누군가에게는 불편한 얘기일 수도 있고, 누군가에게는 와닿지 않는 이야기일 수도 있다. 하지만 최소한 우리나라에서 무언가를 지켜야 하는 가장들에게는 자신들의 고민이 그대로 담겨 있는 걸작이다.

깨치고 나아가
끝내 이기리라

*
*
*

변호인

나는 살면서 겁이 많은 편이라고 생각해본 적이 없다. 나쁜 일이 벌어질 거 같아도 대부분의 경우 겁을 먹거나 걱정하기보다는 어떻게든 되겠지라고 생각하고, 어떤 사람이나 대상을 무서워하는 편도 아니다. 공포영화를 좋아하진 않지만, 보는 데 큰 어려움을 느끼지 않는다. 롤러코스터나 번지점프 같은 것도 잘 탄다.

그렇다고 무서운 게 전혀 없느냐 하면 또 그렇지는 않다. 너무너무 무서워하는 영화가 두 편 있다. 하나는 차마 보지 못했고, 나머지 하나는 한 번 보고 나서 너무 무서워서 두 번 볼 엄두를 내지 못했다.

첫 번째는 몇 년 전에 공전의 히트를 기록한 독립영화 〈님아 그 강을 건너지 마오〉다. 엄마가 나이를 드시면서 언젠가는 엄마가 돌아가신다는 사실을 생각하면 너무너무 무섭다.(그래 난 아직도 엄마라고 부른다. 뭐 잘못됐나?) 작년 11월에 어머니가 돌아가실 뻔한 적이 있었는데, 여러 가지 우연이 겹쳐 다행히 그런 일이 벌어지지 않았다. 당시 나는 거의 숨을 쉬지 못할 정도로 긴장하고 당황했었다. 누구나 부모님이 돌아가시는 게 무섭겠지만, 나는 너무나 두렵다. 상상만으로도 패닉에 빠진다.

〈님아 그 강을 건너지 마오〉라는 영화가 개봉해서 수많은 사람들이 영화를 보고 이야기할 때, 나는 영화 팟캐스트를 진행하고 있었음에도 불구하고 이 영화를 보지 않았다. 정확히 말하자면 보지 못했다. 이 영화를 보는 것이 번지점프나 티익스프레스의 만 배쯤 무서울 거라는 걸 알았기 때문이다.

두 번째 영화는 〈변호인〉이다. 이것은 내가 아는 사람 중 가장 씩씩한 사람의 이야기다. 2009년 5월 23일부터 일주일간 내가 흘린 눈물은 평생 흘린 눈물 중 90퍼센트쯤을 차지할 것이다. 자고 일어나면 울고 울다가 지쳐 잠드는 생활을 일주일 내내 반복했다. 그 후에는 노무현이 나오는 영상만 봐도 눈물이 흐른다. 사람들이 보는 앞에서는 울지 않으려고 하지만, 혼자 있을 때는 터져 나오는 눈물을 참지 못하고 꺼이꺼이 운다.

울기 싫다. 근데 반사적으로 눈물이 나온다. 안 울었으면 좋겠는데 우는 게 너무 힘든데, 너무 분하고 너무 억울하고 너무 슬퍼서 눈물을 참을 수가 없다. 그래서 나는 언젠가부터 노무현이 나오는 영상을 보지 못한다. 특히 영화는 어두운 곳에서 오롯이 화면에만 집중해서 그런지 더 눈물을 참을 수가 없기 때문에 노무현이 나오는 혹은 노무현을 다루는 영화는 보지 않는다.

〈변호인〉을 보러 극장 안으로 들어가면서 나는 두려웠다. 또 얼마나 힘들까? 얼마나 괴로울까? 얼마나 비통할까? 궁금함도 기대도 없었다. 그래도 용기를 내서 극장으로 들어가야만 했다.

어떤 영화는 만들어졌다는 것만으로, 개봉했다는 것만으로 박수받아 마땅하다. 누군가의 입을 막을 만한 힘이 있고 실제로 그 힘을 행사할 생각이 있는 권력자가 싫어할 만한 이야기를 다루는 영화들이 그것이다. 이런 영화는 우리가 봐야만 하는 영화라고 생각한다.

〈변호인〉이 개봉할 때 누구도 입 밖으로 '청와대에서 이 영화를 싫어합니다'라는 말을 꺼내지 않았지만 모두들 알고 있었다. 지금은 탄핵되어 대통령 지위를 박탈당한 박근혜와 그 일당들이 이 영화를 불편해했다. 그들은 이 영화가 흥행하는 걸 바라지 않았다.

권력을 가진 쪽에서 직간접적으로 으름장을 놔서 다들 겁을 먹었다는 건 〈변호인〉 개봉 당시 영화와 관련된 인터뷰들을 보면 알 수 있다. 〈변호인〉의 섭외가 들어왔을 때 주인공

송우석 변호사 역을 맡은 배우 송강호는 처음엔 거절했다고 한다. 개봉 후에 인터뷰에서 그는 "이 영화는 '잘 알고 계시는 그분'을 모티브로 한 영화라 제대로 표현하지 못할까 봐 한 번 거절했다"고 말했다. 연출을 맡은 양우석 감독은 "송우석 변호사 모티브는 '그분' 맞지만 영화로 봐달라"라고 영화를 소개했다.

이 영화가 '노무현'의 이야기라는 걸 누구나 알고 있다. 그런데 이 영화의 실제 모델에 관한 이야기를 할 때 모두들 '그분'이라고 지칭한다. 〈변호인〉이 노무현 대통령의 이야기라는 건 하룻강아지도 알고, 세 살 먹은 어린아이도 안다. 하지만 영화 내에서는 물론 영화 밖에서조차 아무도 노무현의 이름을 입에 담지 않는다.

노무현 대통령이 〈해리 포터〉에 나오는 볼드모트도 아니고 왜 다들 '눈 가리고 아웅'을 해야만 했을까? 노무현 대통령이 누구처럼 내란죄를 저질렀나? 군사 쿠데타를 저질렀나? 그런데도 노무현 세 글자를 입에 담는 것을 꺼려했다. 무슨 전염병이나 악령을 다루듯 노무현의 이름 석 자를 언급하는 것을 악착같이 피했다.

〈변호인〉이 천만을 넘는 관객을 동원할 수 있었던 건 순전히 노무현 대통령 덕이다. 노무현 대통령에 대한 국민들의 그리움이 〈변호인〉을 천만 영화로 만들어주었다. 하지만 영화의 특등 공신인 노무현은 그곳에조차 '그분'이라는 실체

없는 지시대명사로 불린다.

이번에는 영화 속 주인공 이름을 살펴보자. 영화에서 주인공의 이름은 당연히 중요하다. 그런데도 송강호 배우의 성과 양우석 감독의 이름을 적당히 떼어다가 '송우석'이라고 그야말로 '적당히' 지었다. 극 중 송우석 변호사의 아이들 이름을 노무현 대통령의 아들 건호 씨와 정연 씨의 이름을 따서 건우와 연우라고 지은 걸 감안하면, 송우석의 이름을 적당히 지은 건 일부러 아무 생각 없이 지은 것처럼 보이고 싶었던 게 아닌가 하는 생각이 든다.

이처럼 노무현을 모델로 영화를 만들어 세상에 내놓는 사람들조차 노무현의 이름을 입에 담기를 꺼리는 우스운 상황이, 노무현의 죽음을 슬퍼하고 괴로워하는 나를 더 비통하게 만들었다. 이 영화를 만든 양우석 감독이나 주연을 맡은 송강호 배우를 욕하고 싶은 것이 아니다. 오히려 다들 겁먹고 주눅 들어 있는 때에 용기를 내서 이런 영화를 만들어준 이분들에게 머리 숙여 감사하는 마음이다. 영화가 히트를 해서 이분들이 돈과 명예를 가질 수 있게 된 건 이분들의 큰 용기에 주어지는 작은 보상이었을 뿐이다.

영화로 들어가보자. 〈변호인〉은 전형적인 영웅서사의 구도를 따른다. 하지만 이 영웅서사는 생물학적 출생에서부터 시작하는 것이 아니라 사회적 출생에서부터 시작한다. 고졸

변호사라는 비범한 출신과 그 출신 때문에 받는 핍박과 어려움들, 그 어려움을 극복할 수 있는 비범한 능력 그리고 세무변호사에서 인권변호사로의 각성까지, 영화는 영웅서사의 초반 구조를 그대로 따른다.

하지만 우리는 이 영화를 보면서 이후에 속편이 나올 거라고 생각하지 않는다. 그것은 우리가 이 이야기의 마지막을 이미 알고 있기 때문이다. 우리는 이 영웅의 서사가 어떤 비극으로 마무리되는지 잘 알고 있다. 송우석 변호사가 웃으며 끝나는 영화의 마지막 장면은 관객의 머릿속에서 그 장면 하나가 아니라, 그 이후에 인간 노무현에게 벌어지는 수많은 극적인 사건들과 결합해 영화를 노무현 인생 전체로 확장시킨다. 그런 의미에서 영화의 마지막에 송우석이 웃는 장면은 영화의 나머지 장면을 모두 합친 것보다 훨씬 긴 장면이다.

양우석 감독은 상당히 특이한 이력을 가진 감독이다. 영화가 아니라 웹툰으로 창작 활동을 시작했다. 한국군의 주요한 작전인 작계 5027과 5029를 둘러싸고 남북 간에 벌어지는 사건을 다룬 웹툰 〈스틸레인〉이 그것이다. 〈스틸레인〉은 웹툰이긴 하지만 전형적인 웹툰이라기보다는 오히려 영화 쪽에 가까운 사실적인 연출로 연재 당시 상당히 주목을 받았다.

이후 양우석 감독은 갑자기 방향을 돌려 영화에 도전한다. 노무현 대통령이 인권변호사로 입문하던 당시의 얘기를 영화로 만든다. 당시 사회 분위기를 감안해보면 이런 프로젝트가 진행될 수 있었던 것 자체가 행운이다. 노무현의 이름도 함부로 꺼낼 수 없는 엄혹한 분위기 속에서 노무현 이야기를 전면에 내세운 영화가 개봉할 수 있을 거라고 생각한 사람은 많지 않았다. 송강호라는 우리나라 최고의 배우가 캐스팅되지 않았다면 절대 진행될 수 없는 프로젝트였다고 본다.

이런 이야기를 영화로 만들 생각을 한 양우석 감독도 이런 영화에 출연할 생각을 한 송강호 씨도, 이 영화에 투자하고 배급하려 한 사람들도 불이익을 각오했을 것이다. 개봉 이후 눈에 보이지 않는 곳에서 이분들이 크고 작은 보복들을 당했을 거란 사실은 어렵지 않게 짐작할 수 있다.

영화 〈변호인〉에 나온 송우석 변호사는 충분히 매력적인 사람이지만, 실제 노무현이라는 사람과 비교하면 평면적이고 재미없는 캐릭터다. 영화보다 더 영화 같은 사람, 넘치는 매력으로 가득한 사람, 영화 〈변호인〉은 그런 사람의 일부분만을 담은 이야기다. 그것만으로도 충분히 매력적인 영화이기는 하지만.

노무현은 내가 아는 사람 중에 가장 씩씩한 사람이다. 얼마나 씩씩한 사람이냐 하면, 그의 영향을 받은 사람들조차 용기를 내서 이런 영화를 만들고 싶은 마음이 들게 만들 정도로 씩씩한 사람이다. 실패한다 해도 좌절하지 않았고, 옳다고 믿는 것에선 물러나지 않았다. 강자 앞에선 강하게 나갔고, 약자 앞에선 한없이 약해지는 사람이었다. 웃음도 눈물도 많았고, 활달하고 씩씩했다.

이라크 자이툰부대에 갔을 때 한 장병을 와락 껴안는 사진은 그가 어떤 사람인지를 잘 보여주는 사진 중 하나다. 그렇게 씩씩한 사람이 벼랑에 서서 스스로 목숨을 끊을 때 무슨 생각을 했을까? 나는 그가 목숨을 끊는 선택을 하게 만든 이들을 평생 용서하지 않을 것이며, 그들에게 보란 듯이 늘 씩씩하게 살 거다.

시대가 바뀌어 이제 노무현의 이름은 감추고 가리는 이름이 아니라 떳떳하게 드러낼 수 있는 이름이 되었다. 시대를 바꾸고 노무현의 이름을 전면에 올릴 수 있게 된 것은 양우석 감독이나 송강호 배우처럼 자신이 말하고자 하는 바를 용기 내어 소리친 이들 덕분이다. 이런 일을 생각하면 우리는 알게 모르게 선배들의 용기와 희생에 얼마나 기대어 사는 것인가 하는 생각이 든다.

사족. 영화 〈변호인〉 이야기라기보다는 노무현 대통령 이야기가 되고 말았다. 영화 〈변호인〉은 좋은 영화이고 잘 만든 영화이며 재미있는 영화지만, 영화에 드리워진 노무현의 그림자가 워낙 커서 영화 이야기보다 노무현의 이야기가 더 중요하다고 생각했기 때문이다. 결국 〈변호인〉에서 내가 감동을 받고 눈물을 펑펑 흘린 것은 그 뒤에 있는 노무현의 존재 때문이다.

　누군가에게는 노무현이 아무것도 아니거나 혹은 증오하거나 싫어하는 대상일 수도 있다. 그런 사람이 본 영화 〈변호인〉은 내가 본 〈변호인〉과는 아주 다른 영화일 수밖에 없다. 다른 영화들과는 달리 〈변호인〉은 내가 노무현을 어떻게 생각하느냐, 이 영화가 개봉할 당시에 내가 어떤 생각을 갖고 있었느냐에 따라 달라질 수밖에 없다. 때문에 영화 자체에 대한 이야기보다는 영화 외적인 얘기가 더 중요하다고 생각했고, 그런 이야기를 주로 하게 되었다. 당신이 본 〈변호인〉은 어떤가?

인생에
습작이란 없다

*
*
*

건축학개론

영화 〈건축학개론〉의 카피는 다음과 같다. '우리 모두는 누 군가의 첫사랑이었다.'

뻥이다.

우리들은 누구나 첫사랑을 가지고 있지만 우리들 대부분 은 누군가의 첫사랑이었던 적이 없다. 생각해보자. 누구에게 나 첫사랑은 존재하지만, 내가 누군가에게 첫사랑이었던 사 람은 별로 없을 것이다. 대부분의 첫사랑은 인기 있는 몇몇 이 과점하기 마련이다. 우리는 그런 남자 혹은 여자를 쌍놈/ 년 혹은 나쁜 남자/여자 혹은 옴므/팜므 파탈이라고 부른 다. 〈건축학개론〉은 바로 그 쌍년에 대한 얘기다.

이용주 감독의 두 번째 작품인 〈건축학개론〉은 나에게 특 별한 영화다. 내가 영화의 배경인 연세대학교를 졸업했고, 태 어나서 처음으로 사귄 여자가 1학년 때 같은 학교 여학생이며, 첫사랑인 그녀의 집이 개포동이었기 때문만은 아니다. 오히려 내가 그 학교에 대해서, 그 동네에 대해서 잘 안다는 사실이 영화에 몰입하는 것을 막았다.

1996년에 신촌에서 개포동으로 가는 버스는 일반 버스가 아니라 좌석 버스 12번이었으며, 연세대학교의 학번은 1996이 아니라 96으로 시작해야 한다. 친구인 납뜩이가 신은 에어조던은 출시한 지 한참 된 모델이라 96년에 신고 있었다는 것도 말이 잘 안 된다.

아무것도 아닌 작은 것들이지만 내가 겪은 일이기 때문에 '에이 저건 불가능하지' 했던 것이다. 영화의 전체적인 분위기나 느낌보다 디테일이 먼저 눈에 들어오니 영화의 감흥이 살 리 만무했고, 첫사랑을 떠올리며 추억에 잠길 일도 없었다.

〈건축학개론〉이 내게 특별한 기억으로 남은 것은 첫사랑의 추억 때문이 아니라, 이 영화를 가지고 내가 팟캐스트 씨네타운 나인틴의 첫 회를 만들기 시작했고, 이 영화에 나오는 특별한 설정 때문에 팟캐스트에서 가장 화제가 된 코너가 만들어졌고, 그 코너 덕에 많은 사람들이 팟캐스트를 좋아해 주었고, 그 덕에 이렇게 영화에 관련된 책까지 내게 되었기 때문이다.

팟캐스트에서도 여러 번 얘기했지만, 나는 영화를 아주 좋아하는 사람도 아니고, 영화에 대해 특별한 애정을 가진 사람도 아니다. 그냥 적당히 시간을 보내기 위해 혹은 데이트하는

데 할 일이 없어서 영화를 보던 사람이다. 그런 내가 주제넘게 영화 팟캐스트를 만들고, 영화 라디오 프로그램을 진행하고, 이 책까지 낼 수 있게 된 건 영화 〈건축학개론〉 덕이다. 이런 의미에서 〈건축학개론〉은 나에게 특별한 영화다.

하지만 대부분의 사람에게 이 영화는 나와는 전혀 다른 의미로 특별하게 자리매김하고 있다. 〈건축학개론〉에 많은 사람들이 푹 빠진 건 영화 자체가 재미있기 때문이기도 하지만, 승민(이제훈, 엄태웅 분)이나 서연(수지, 한가인 분)과 자신의 모습을 겹쳐 보았기 때문이기도 하다. 어설픔으로 가득한 자신의 대학 시절과 그때의 설렘과 떨림, 첫사랑 등 자신의 과거와, 일 혹은 생활에 치이는 자신의 현재가 영화 속 승민과 서연의 모습에 겹쳐지면서 모처럼 추억에 푹 빠질 수 있는 기회를 가질 수 있었기 때문이다. 추억의 힘은 언제나 강력하다.

우리는 미래를 전혀 모른다. 공포는 무지에서 온다. 미래가 있는지 없는지조차 모른다. 우리는 한없이 미래를 두려워한다. 승민은 다가올 미래가 한없이 두렵다. 돈도 얼마 모아 놓지 못했고, 안정적으로 자리 잡지도 못했다. 나이는 먹었지만 어른이 되었다는 생각은 들지 않는다. 은채(고준희 분)와의 결혼은 승민에게 안정감을 주는 것이 아니라 더 불안하게 만든다. 결혼 후 유학 가서 펼쳐질 미래는 장밋빛이라기보다는 회색빛이다. 안정된 직장을 버리고 외국에 나가 공부를 하면서 한 여자까지 책임져야 한다는 미래가 승민은 너무 두렵다.

서연도 마찬가지다. 사회생활 한번 해본 적 없이 졸업 후에 바로 결혼해서 주부로 살다가 이혼으로 인해 갑자기 생계를 위해 무언가를 해야만 하는 처지에 내몰렸다. 의지할 사람은 아버지밖에 없는데 그 아버지마저 시한부 판정을 받아 병원에 누워 있다. 오히려 자신이 아버지를 책임져야 하는 상황이 되었다. 세상 천지에 의지할 것 하나 없이 광야로 내몰린 상황이다. 서연은 자신의 미래가 한없이 불안할 수밖에 없다.

흔히 과거는 미화된다. 정확히 말하면 우리는 과거를 미화한다. 어차피 바꿀 수도 없는 과거에 대해 나쁘게 생각해봐야 자신만 불행하다. 행복한 과거가 있다고 생각하는 편이, 행복했다고 생각하는 편이 훨씬 낫다. 우리는 현재 행복해지기 위해 손쉬운 방법을 택한다. 현재가 불행할수록 미래가 불안할수록 우리는 과거를 미화하는 데 열중한다. 불행한 현재를 바꾸는 것은 어렵고, 불안한 미래는 바꿀 수도 없다. 과거를 미화하는 것 외에 우리가 행복해지는 방법은 없다.

영화 속에서 승민과 서연은 한없이 불안하고 두려운 미래와 행복하고 아름다웠던 혹은 행복하고 아름다웠다고 믿는 과거가 교차하는 현재에서 다시 만난다. 가장 아름다웠다고 믿는 시절을 공유한 두 사람이 다시 만난 것이다. 하지만 승민의 기억과 서연의 기억은 조금 다르다. 승민의 서연과 서연의 서연이 다르듯이, 서연의 승민과 승민의 승민은 다르다.

두 사람의 과거는 시간적으로는 완결되었지만, 두 사람의 기억 속에서는 완성되지 않은 채 끝나버렸다. 이제 끝나지 않은 이야기를 끝낼 수 있는 기회가 찾아왔다. 둘은 집을 짓듯 과거를 짓는다. 둘이 각자 지었던 과거를 이번에는 함께 짓는다. 복기를 하듯이 하나하나 되짚어가며 다시 한 번 둘의 과거를 짓는다.

과거를 지어가며 두 사람은 그런 의문을 갖게 된다. '사랑에 빠진다는 것은 상대에게 빠지는 것이 아니라 사랑에 빠진 자신에게 빠지는 것은 아닐까?' 승민은 서연이 자신에게 상처를 준 쌍년이라고 생각했지만, 나이가 들어 다시 바라본 그녀는 승민을 좋아했던 어린 여학생에 불과했다. 서연은 승민을 자신의 첫 키스를 뺏고 나서는 갑자기 꺼져달라고 말한 나쁜 놈이라고 생각했지만, 다시 바라본 그는 서연에게 상처받은 어린 남학생일 뿐이었다. 둘은 상대를 바라보기에는 너무 어렸고, 너무 어설펐다. 그래서 둘은 서로에게 상처를 줬고, 그 상처는 자신에게 돌아왔다.

영화 속에서 두 사람은 집을 지으면서 화해했고, 자신들의 과거와도 화해했다. 아름답다고 생각했던 과거는 실은 과거의 자신을 아름답게 묘사하느라 다른 것들을 전부 깎아내린 것에 불과했다는 사실을 알게 된다. 두 사람은 그렇게 상대와의 화해, 과거와의 화해를 마치고 헤어진다. 그리고 과거와의 화해를 통해 미래와 만날 용기와 에너지를 얻는다. 비행기를 탄 승민과 피아노를 가르치는 서연의 모습은 두 사람이 미래와 만날 준비가 끝났음을 상징한다.

대학교 1학년은 어설픈 나이다. 사회적으로 아기와 같다. 세상에 나오기는 했는데 아직 아무것도 할 줄 모르는 아기처럼, 사회에 나오기는 했는데 아무것도 할 줄 모른다. 생물학적인 아기는 누군가 돌봐주지만, 사회적인 아기는 누구도 돌봐주지 않는다. 스스로 돌봐야 한다. 수없이 많은 시행착오를 겪을 수밖에 없다. 내가 가진 발톱이 얼마나 날카로운지 모르니 누군가에게 상처를 주기도 한다. 누구나 한없이 어설프고 어설프기 때문에 사랑스러운 시절이 있다. 〈건축학개론〉은 그랬던 우리들의 사랑스러웠던 시절에 대한 얘기다.

하지만 〈건축학개론〉은 성장영화가 아니다. 안티 성장영화다. 승민과 서연은 나이를 먹었을 뿐 성장한 것은 아니다. 우리는 성장하지 않는다. 나이를 먹는다는 것이 성장한다는 것을 의미하지는 않는다. 대학교 1학년 때의 승민과 서연은 건축사무소에서 일하는 승민과 이혼한 서연과 다르지 않다. 여전히 어설프고 여전히 조심스럽다. 자신의 마음을 드러내는 데에 서투르고 쉽게 상처받는다. 〈건축학개론〉은 우리에게 이런 질문을 던진다. 시간이 지나면 우리는 얼마나 성장할까? 아니 성장하기는 하는 걸까? 여전히 이렇게 어설프고 연약한 나는 과연 예전보다 얼마나 성장했을까?

〈불신지옥〉으로 데뷔할 때부터 범상치 않은 솜씨를 지녔음을 보여준 이용주 감독은 〈건축학개론〉을 통해 자신의 실력을 뽐냈다. 원래 〈건축학개론〉으로 입봉하려 했으나, 멜로영화보다는 공포영화로 데뷔하는 것이 쉬운 한국 영화계의 특성 때문에 공포영화인 〈불신지옥〉으로 데뷔를 했다. 이후 전부터 준비해놓은 작품인 〈건축학개론〉으로 멜로영화 불모지인 한국 영화계에서 역대 멜로영화 사상 흥행 1위를 기록하는 기염을 토했다.

〈건축학개론〉은 사람들의 추억을 동력 삼아 이야기를 팔아먹는 그저 그런 '추억팔이' 영화가 아니다. 1990년대 중반 히트 아이템들인 힙합바지, 무스, 에어조단, 게스 같은 패션 소품들이나 전람회, 피노키오 등의 노래들을 꼼꼼하게 배치해놨지만, 이것들은 추억팔이라기보다는 우리 자신의 과거를 불러내어 현재를 되돌아보고 미래와 만나게 하려는 장치로 봐야 한다.

이 영화는 우리가 왜 과거를 미화하는지, 왜 미래를 불안해하는지, 왜 현재의 삶이 이렇게 지난한지 되돌아보게 만든다. 승민과 서연을 통해 현재의 우리를, 우리가 사는 모습을 되돌아보게 만든다. 우리는 나이를 먹는다고 해서 저절로 삶이 안정되거나 편안해지지 않는다. 여전히 힘들고 어려운 삶을 살아야 한다. 이용주 감독은 '너만 그런 게 아니다. 우리들 모두 다 그런 것이다'라고 힘주어 말한다.

기억의 습작은 과거에만 쓴 것이 아니다. 우리는 지금도 기억의 습작을 쓰고 있다. 인생에 습작이란 없다. 똑같은 하루는 없다. 연습이 없기 때문에 인생은 습작이자 본작일 수밖에 없다. 늘 그렇다. 단 한 번밖에 없기 때문에 우리는 매 순간 어설플 수밖에 없다. 지금을 살아본 사람은 아무도 없다. 우리가 살아본 것은 과거뿐이다. 매 순간이 처음인 우리는 어설프고, 그 어설픔 때문에 사랑스럽다. 그래서 우리는 모두 누군가에게 쌍년/놈이 된다.

좋은 재료가
좋은 셰프를 만났을 때

*
*
*

타짜

요리를 할 때 제일 중요한 건 뭘까? 요리사의 기술? 요리의 종류? 그런 거 없다. 재료보다 중요한 건 없다. 재료가 좋은데 맛없는 요리를 만들기는 쉽지 않다. 재료가 좋으면 웬만하면 맛있다. 아무리 솜씨가 좋은 요리사라도 재료를 신선하게 만들 수는 없다. 좋은 요리사가 되기 위해서는 좋은 재료를 고를 수 있는 눈이 있어야 한다. 직접 장을 보지 않는 요리사는 최고의 요리사가 될 수 없다고 말하는 사람도 많다. 직접 발로 뛰면서 좋은 재료를 파는 가게를 찾고, 좋은 재료를 고르는 눈을 기르지 않는 사람은 좋은 요리사가 될 수 없다.

영화 〈타짜〉는 허영만·김세영의 만화 〈타짜〉를 원작으로 택했다는 면에서 이미 반쯤 성공하고 시작했다. 아니, 반 이상 성공하고 시작했는지도 모른다. 원작은 〈카멜레온의 시〉,

〈오! 한강〉, 〈사랑해〉 등 수많은 걸작을 남긴 허영만·김세영 콤비의 작품으로, 영화가 만들어지기 전에 이미 전설이었다. 총 4부로 구성되어 있는데, 특히 최동훈 감독이 영화로 만든 〈타짜〉 1부 지리산 작두 편은 최고라는 평가를 받았다.

만화는 〈스포츠 조선〉 연재 당시 이 만화 때문에 신문 판매 부수가 늘어날 정도로 절대적인 인기를 누렸다. 당시 〈스포츠 조선〉에서는 허영만 화백을 임원급으로 대접했다고 한다. 연재 종료 후에는 다시 처음부터 재연재를 결정했을 정도로 독자들의 절대적인 지지를 받았다.

'타짜'라는 말 또한 연재할 당시에는 생소한 말이었지만, 연재가 끝날 무렵에는 일반적으로 사용되는 단어가 되었을 정도로 많은 사람들의 입에 오르내렸으며, 이후에 KBS의 한 개그 프로그램에서는 타짜를 패러디한 '타짱'이라는 코너가 만들어지기도 했다.

앞에서도 말했지만, 이런 작품을 원작으로 선택한 순간 최동훈 감독의 영화 〈타짜〉는 이미 성공한 것이나 다름없었다. 하지만 꼭 그렇다고만 말할 수 없는 것은 〈타짜 2: 신의 손〉은 원작의 인기에도 불구하고 1편 같은 높은 평가를 받지 못했기 때문이다. 결국 영화 〈타짜〉의 성공은 훌륭한 원작과 그 원작을 맛깔나게 각색한 최동훈 감독, 둘 다의 공이다.

최동훈 감독은 전형적인 케이퍼 무비인 〈범죄의 재구성〉으로 화려하게 영화계에 데뷔했다. 하지만 〈범죄의 재구성〉

은 앞서 개봉한 할리우드 영화 〈이탈리안 잡〉과 스타일이 비슷하다는 이유로 평가 절하되기도 했다. 하지만 주머니의 송곳이 드러나듯 최동훈 감독은 〈타짜〉로 본인의 실력을 확실히 증명했고, 이후 〈전우치〉, 〈도둑들〉, 〈암살〉 등의 영화를 찍으며 흥행 감독으로 자리매김한다.

최동훈 감독은 본인의 영화사 이름을 케이퍼 필름이라고 지을 정도로 케이퍼 장르에 각별한 애정을 가지고 있다. 그의 영화들 또한 케이퍼 무비의 공식을 따른 영화가 많다. 데뷔작인 〈범죄의 재구성〉이나 〈도둑들〉 같은 영화는 전형적인 케이퍼 무비다. 〈타짜〉 역시 케이퍼 무비로 분류되기는 하지만, 전형적인 케이퍼 무비라고 보기는 어렵다. 그보다는 〈취권〉 같은 무협영화의 스토리 구조를 가지고 있다.

〈타짜〉의 스토리는 이렇다. 비범한 주인공인 고니(조승우 분)는 누나가 이혼 위자료로 받아온 돈을 전부 사기 도박에서 날려먹고 가출을 한다.(불행한 사건) 이후 별 볼일 없는 생활을 전전하다가 평경장(백윤식 분)이라는 전설적인 타짜를 만나 그의 기술을 전수받는다.(기연을 만남) 고니의 도박 실력은 일취월장하고, 정마담(김혜수 분)이라는 설계자를 만나 전국을 누비며 타짜로 활동한다.(실력의 상승, 강호 주유, 여인을 만나 도움을 얻음) 하지만 사부인 평경장의 죽음을 알게 되고 복수를 결심한다.(목표가 생김) 마침내 평경장을 죽인 것으로 추정되는 아귀(김윤석 분)를 만나 일전을 벌이다가 사부의 원수는 아귀가 아니라 정마담이었음을 알게 되고, 결국 아귀를 무찌르고 정마담에게 복수를 하는 데 성공한다.(복수의 달성) 이처럼 전형적인 무협영화의 스토리라 하품이 나올 법도 하지만, 능수능란한 이야기꾼인 최동훈 감독은 이런 뻔한 스토리를 가지고 전설로 남을 명작을 만들어냈다.

최동훈 감독은 여러 가지 미덕을 가진 감독이지만, 그중에서도 최고의 미덕은 경쾌함이다. 최동훈 감독의 영화는 〈범죄의 재구성〉부터 〈도둑들〉에 이르기까지 전부 경쾌한 리듬을 가지고 있다. 〈암살〉의 경우에는 다루는 소재 때문에 경쾌하다고 보기 어려운 면도 있지만, 천부적인 경쾌함을 완전히 가리지는 못했다. 특히 약산 김원봉 역할을 맡은 조승우가 "밀양 사람 김원봉이요"라는 대사를 할 때는 경쾌함을 넘어선 짜릿함마저 느껴질 정도로 최동훈의 풋워크는 날래다.

〈타짜〉 또한 마찬가지다. 자칫 무거워질 수 있는 내용이기도 한데 처음부터 끝까지 경쾌한 리듬을 유지한다. 잔인하게 느껴질 수 있는 장면들도 많이 포함되어 있지만, 경쾌한 리듬과 적절히 배치된 유머들 덕에 관객의 머리에 잔상을 남기지 않는다.

또 이 영화는 도박을 소재로만 사용한 것이 아니라 도박이 가진 강렬한 쪼는 맛을 영화 전체에 잘 녹여냈다. 분위기, 음악, 장면의 흐름 등이 매번 패를 뒤집는 듯한 조마조마한 긴장감을 유지하며 전개된다.

다른 영화도 마찬가지겠지만 도박을 소재로 한 영화는 그 도박의 룰을 몰라도 긴장감을 유지하고 전체적인 분위기를 통해 상황을 완벽하게 이해할 수 있어야 한다. 도박을 하는 장면뿐만이 아니라 도박을 하지 않는 장면에서도 관객으로 하여금 긴장의 끈을 놓치지 않도록 만들어야 하는데 〈타짜〉는 이런 면에서 완벽하다고 할 만큼 잘 찍은 영화다.

〈타짜〉는 명대사와 명장면들을 많이 남긴 영화이기도 하다. 〈타짜〉만큼 사람들의 입에 많이 오르내리는 대사들을 남긴 영화는 〈친구〉를 제외하곤 찾아보기 어렵다. 거의 모든 대사나 시퀀스가 관객들에게 회자될 정도로 인상적인 장면과 대사가 많다.

흔히 관객들의 뇌리에 남는 대사는 중요한 장면에서 힘주어 말하는 대사라고 생각하기 쉽지만, 진짜 좋은 영화들은 중요한 장면에서 힘주는 대사는 물론, 별로 중요해 보이지 않는 장면에서 툭 던지듯 내뱉는 대사도 뇌리에 남는다. 힘주는 대사만 잔뜩 사용했다간 관객들은 피로를 느낀다. 좋은 영화가 되려면 힘주는 대사와 그렇지 않은 대사를 알맞게 배치해야 한다. 예컨대 봉준호는 〈살인의 추억〉에서 "밥은 먹고 다니냐"같은 대사로 쓱 지나가버릴 수도 있는 상황에서 말 한마디로 관객의 주의를 붙잡았다.

이런 의미에서 볼 때 〈타짜〉는 대단한 걸작이다. 최동훈 감독은 중요한 장면뿐 아니라 그냥 지나가는 장면도 허투루 내버리는 것이 없다. 〈타짜〉에서 가장 많이 회자되는 대사인 "나 이대 나온 여자야"는 중요하고 긴박한 장면에서 잘 들리는 대사로 사용된 것이 아니라, 정마담의 하우스에 경찰들이 출동한 어수선한 장면에서 지나가듯이 나오는 대사다. 대화의 맥락에도 잘 맞지 않고, 꼭 필요한 대사도 아닌 것처럼 느껴지지만, 수없이 패러디될 정도로 강렬한 기억을 남겼다.

마지막에 고니와 아귀가 일전을 벌이는 장면은 아귀의 "동작 그만"이라는 대사부터 시작해서 거의 모든 대사가 명대사다. 아무 대사나 인용해도 대부분의 사람들이 알 수 있을 만큼 강렬하다. 특히 아귀가 "짠 짜라란 짜라란 짜라란 쿵작작 쿵작작"이라는 대사를 하면서 화투장을 열었을 때 긴장은 극대화되고, 이후 "사쿠라네"라는 대사에 호구가 따라서 "사쿠라야?"라는 대사를 치면서 반전이 벌어졌을 때까지의 시퀀스는, 감독이 긴장의 호흡을 조절하는 데 탁월한 재주를 가지고 있음을 보여준다.

그전까지 고니가 겪은 신산한 과정들, 고니가 아귀에게 가진 복수심, 고니와 정마담의 미묘한 관계, 아귀의 잔인성, 아귀에게 당하고 배 한 편에 방치되어 있는 고광렬의 존재 등이 결합돼서 대폭발을 일으키는 것이다. 역시 대사 자체의 강렬함도 한몫했고, 배우 조승우나 김윤석의 연기 덕도 크지만, 무엇보다 그때까지 쌓아온 감정을 한꺼번에 쏟아내며 긴장을 고조시키는 최동훈 감독의 솜씨가 대단하다.

영화는 거의 모든 배역이 하나쯤은 기억에 남는 대사를 했을 정도로 인상적인 연기와 좋은 대사가 잘 어우러졌다. 배우들의 호연 또한 이 영화를 이야기할 때 빼놓을 수 없는데, 영화의 주연인 조승우의 연기는 말할 것도 없고, 김혜수는 인생 연기라고 할 만한 좋은 연기를 보여주었다. 영화의 클라이맥스에 등장하는 김윤석 또한 본인의 존재감을 강렬하게 과시했다. 뿐만 아니라 유해진이나 김응수 등도 한 획을 그을 만한 호연을 선보였다.

배우들의 연기가 좋았던 것은 영화 속 캐릭터들이 잘 만들어진 덕이 크다. 죽어 있는 캐릭터를 연기할 때는 아무리 연기력이 뛰어난 배우라도 어딘지 모르게 어색하고 이상해지는 법 아니던가. 〈타짜〉에 나오는 캐릭터들은 전부 개성이 넘친다. 잠깐잠깐 등장하는 너구리 같은 캐릭터도 그 캐릭터의 개성을 잘 만들었기 때문에 관객들에게 깊은 인상을 남긴다.

최고의 요리는 좋은 재료가 최고의 셰프를 만났을 때 비로소 탄생한다. 〈타짜〉는 좋은 원작이 좋은 감독을 만나 탄생한 흠잡을 데 없는 명작이다. 아직 이 영화를 안 봤다면 당신은 행복한 사람이다. 당신 인생에 확실하게 재밌는 것 하나가 남아 있으니.

진부함에
도전하다

*
*
*

매트릭스

사실이나 진실이 혹은 거짓이, 전설이 되는 데는 시간이 필요하다. 그래서 전설은 그 전설이 만들어지게 되는 사건이나 인물의 당대가 아니라 후세가 되어서야 전설이 된다. 하지만 드물게 살아 있는 당시에 전설이 되는 경우가 있다. 그러나 당대에 전설이 된 것들도 처음부터 전설은 아니었다. 어쨌든 전설이 되는 데는 시간이 필요하다.

영화 〈매트릭스〉는 다르다. 〈매트릭스〉는 등장과 동시에 전설이 되었다. 개봉 당시부터 사람들은 〈2001 스페이스 오딧세이〉나 〈블레이드 러너〉 같은 영화와 같은 반열에 올려놓을 정도였다. 보통 이런 식으로 입소문이 나는 창작물들은 제2의 ○○○이라 불리는 경우가 많다. 그전에 등장했던 유명한 창작물들과 비교하면서 그 창작물이 얼마나 뛰어난지를 간접적으로 표현한다. 대개의 경우 제2의 ○○○이라 불리는 창작물들은 당연히 원 창작물보다 떨어진다. 하지만 〈매트릭스〉는 전혀 달랐다. 아무도 〈매트릭스〉를 제2의 ○○○이라 부르지 않았다. 〈매트릭스〉는 등장하는 순간부터 〈매트릭스〉였다.

〈매트릭스〉는 무엇과도 비교할 수 없는 독자적인 경지를 열었다. 처음부터 끝까지 모든 게 새로웠고 놀라웠다. 모든 사람이 〈매트릭스〉의 성취에 경탄했다. 스탠리 큐브릭의 〈2001 스페이스 오디세이〉나 리들리 스콧의 〈블레이드 러너〉도 다른 영화들이 이루지 못한 성취를 이뤘지만, 그 성취는 영화가 극장에서 내려간 이후에 사람들의 입을 타고 전해지면서 전설이 되었다. 하지만 〈매트릭스〉는 영화가 극장에 걸려 있는 동안에 전설이 되었다. 이것은 〈매트릭스〉가 다른 창작물들이 다다르지 못한 곳에 도달했기 때문에 가능했던 일이다.

〈매트릭스〉는 그전에 어떤 영화도 보여주지 못한 전혀 새로운 것들을 보여주었다. 타임 슬라이스 포토그래피는 많은 사람들에게 시각적인 충격을 던져주었다. 영화를 본 관객들은 전율했다. 우리가 사는 현실이 실제 현실이 아니라 가상 공간일 수 있다는 가능성을, 말이 아닌 시각적 효과를 통해 완벽하게 보여준 것이다. 장자 이래로 실재에 대한 질문을 던진 사람은 많았지만 눈에 보이는 형태로 쉽고 확실하게 보여준 것은 〈매트릭스〉가 처음이다.

영화 속에서 모피어스(로렌스 피시번 분)가 네오(키아누 리브스 분)에게 던진 "What is real?"이라는 질문은 실은 관객들에게 던진 질문이다. 우리는 영화를 보면서 사실은 아닐 수 있지만, 진실이라고 생각한다. 그렇기 때문에 우리는 영화를 보고 웃고 운다. 우리는 보는 대로 믿지만, 믿는 대로 보기도 한다. 〈매트릭스〉를 통해 워쇼스키 감독들은 관객들에게 묻는다. 당신이 보는 것이 실재라면 영화가 실재가 아닐 이유가 무엇인가? 보는 것이 실재가 아니라면 당신이 사는 세상이 실재라는 증거는 어디에 있는가? 무엇이 실재인가? 실재란 무엇인가?

실재의 정의에 대한 질문은 인류 역사를 통해 끊임없이 던져졌다. 영화만이 아니라 소설이나 시, 혹은 철학자들의 질문을 통해 많은 사람들이 계속 물었다. 그러나 이 질문과 답은 지식인들의 범주를 벗어나지 못했다. 배웠다는 이들의 도락 혹은 직업적 범주를 벗어나지 못한 것이다. 하지만 워쇼스키 감독들은 이 질문을 대중에게 던졌다. 형이상학적 차원에서 지식인들 사이에만 머무르던 실재에 관한 논쟁을 대중에게로 끌고 왔다.

〈매트릭스〉를 깎아내리는 이들은 이 영화가 던진 질문과 보여준 시각적 효과가 이미 존재하던 것이고, 워쇼스키 감독들은 그것을 잘 가져다 쓴 것에 불과하다며 폄훼한다. 〈매트릭스〉에서 던진 질문들은 30년 전에 윌리엄 깁슨이 《뉴로맨서》를 통해 던진 질문들이며, 영화의 시각적 성취 또한 이미 만들어져 있는 기법들을 가져다 쓴 것에 불과해서 〈2001 스페이스 오디세이〉나 〈터미네이터 2〉가 이룬 성취만 못하다는 것이다.

그러나 이런 비판은 오히려 〈매트릭스〉를 깎아내리는 것이 아니라 추어올리는 것이다. 세상에 보지 못한 새로운 재료, 새로운 요리로 칭찬받는 것보다, 우리가 맨날 보는 재료, 매일 먹는 요리로 칭찬받는 것이 몇백 배 더 어렵다. 〈매트릭스〉는 누구나 뻔히 아는 질문과 이야기를 가지고 새로운 것처럼 보이도록 만들었다. 이것이 〈매트릭스〉가 등장하자마자 전설이 된 이유다.

무언가가 폭발적으로 알려지거나 성장하기 시작하는 지점을 티핑 포인트라고 부른다. 티핑 포인트에 도달하는 것들은 기존에 존재하지 않던 전혀 새로운 것들이 아니다. 기존에 충분히 알려져 있지만, 확산의 지점에 도달하지 못한 것들이 새로운 방식으로 해석되었을 때가 티핑 포인트가 된다. 아이폰에 들어간 기술이나 개념은 기존에도 존재했다. 그 기술과 개념이 스티브 잡스의 해석을 통해 아이폰으로 만들어진 후 폭발적으로 확산되었다. 〈매트릭스〉도 아이폰과 비슷하다. 〈매트릭스〉는 굉장히 친숙하면서 완전히 새로운 것이었다.

〈매트릭스〉는 인류에게 가장 잘 알려진 위인의 이야기와 똑 닮아 있다. 이 위인의 이야기보다 유명한 이야기는 없다고 말해도 좋을 정도로 잘 알려진 이야기. 그 위인의 이름은 예수다.

예수는 나사렛의 평범한 목수의 아들로 태어나 자란다. 서른이 되어 세례요한에게 세례를 받고 자신이 해야 할 일을 깨닫고 세상에 나온다. 그 후 3년간 세상을 깜짝 놀라게 할 만한 이적을 펼치며 수많은 이야기를 만들어낸다. 세상을 지배하는 수많은 이들과 싸웠고, 광야에서 사탄에게 유혹당하지만 뿌리친다. 3년의 시간이 지난 후 자신의 제자 중 하나인 가리옷 사람 유다의 배반으로 십자가에 못 박혀 죽지만, 죽은 지 3일 만에 부활하고 무덤 앞에서 막달라 마리아를 만난다. 부활 후 40일 동안 제자들과 지내다가 하늘로 올라간다.

〈매트릭스〉의 네오는 평범한 프로그래머로 지내다가 모피어스를 만난다. 모피어스는 지금 세상은 실재가 아니라며, 네오에게 그가 '매트릭스'를 이길 수 있고 세상을 구할 수 있는 유일한 존재인 'The One'이라고 알려준다. 그러고는 세상의 진실을 알고 싶다면 빨간 알약을, 그냥 이대로 지내려면 파란 알약을 먹으라고 말한다. 빨간 알약을 먹은 네오는 세계의 진실을 알게 되고 'The One'이 되어 '매트릭스'와 싸운다. '매트릭스'의 부하인 스미스 요원(휴고 위빙 분)에게 유혹을 당하지만 뿌리친다. 동료인 사이퍼의 배신으로 스미스의 손에 붙잡혀 죽음을 당하지만 트리니티(캐리 앤 모스 분)의 품에서 부활한다. 이후 네오는 매트릭스의 진실을 세상에 알리겠다고 말하고는 하늘로 오른다.

완전히 똑같은 이야기다. 표절이라고 말해도 좋을 정도로 거의 같은 이야기다. 하지만 〈매트릭스〉를 본 사람 중에 어디서 많이 본 것 같은 이야기라고 말하는 사람은 거의 없다. 오히려 전혀 다른 이야기라거나 전혀 새로운 이야기라고 말하는 사람들이 훨씬 많다.

하늘 아래 새로운 것은 없다는 이야기도 있지만, 〈매트릭스〉와 《성경》, 네오와 예수는 동일 인물이라고 말해도 좋을 정도로 똑같이 닮아 있는데도 아무도 그에 대해 이야기하지 않는다. 본래 이야기란, 이야기를 만든다는 것이란 법칙이 아니라 원칙에 따르는 것이며, 어떤 방식으로 이야기를 보여주느냐에 따라 수용자는 똑같은 이야기도 전혀 다른 것으로 받아들이게 된다.

우리 모두는 굉장히 보수적이다. 새로운 것에 열광한다고 생각하기 쉽지만, 새로운 것에 열광하는 것이 아니라 새로운 것처럼 보이는 낡은 것에 열광하는 것이다. 〈매트릭스〉가 등장하자마자 전설이 된 것은 새로웠기 때문이 아니라 진부했기 때문이며, 그 진부함을 새로운 방식으로 해석했기 때문이다.

〈매트릭스〉가 워낙에 출중한 작품이라 워쇼스키 감독들의 후속작에 대한 기대감이 너무 커져서 이후에 이어지는 〈매트릭스〉 속편이나 이들의 다른 작품들이 초라해 보일 정도다. SF 장르는 새로움을 중요한 무기로 삼는 탓에 시간이 지나고 나면 그 새로움이 조금은 퇴색되기 마련이다. 〈매트릭스〉는 20년 가까이 지난 지금도, 어떤 영화도 그 성취를 따라잡지 못하고 있을 정도로 획기적인 작품이며, 꼭 봐야 하는 놀랍고도 대단한 영화다.

인생의 순간순간이 우리를 불잡는다

*
*
*

보이후드

리처드 링클레이터 감독의 2014년 영화인 〈보이후드〉는 영화사에서 가장 파격적이고 실험적이며 참신하고 장대한 작품이라고 말할 수 있다. 링클레이터 감독은 기존에 누구도 도전하지 못한, 생각하기 어려운 전에 없던 방식으로 영화를 만들어냈다.

얼핏 보면 평범한 영화다. 메이슨(엘라 콜트레인 분)이라는 한 소년이 자라서 대학에 들어가기까지의 메이슨과 그 가족에게 벌어진 일들이 단편적으로 나열되어 있다. 기승전결의 흐름에 따라 중심이 되는 사건이 있는 것도 아니고, 주요 악역도 없고, 이야기를 관통하는 갈등관계가 존재하는 것도 아니다. 그저 평범하고 소소한 사건들 혹은 그것보다는 좀 특이하고 좀 중요한 에피소드들을 영화 내내 나열하다가 끝난다.

그러나 속내를 들여다보면 〈보이후드〉는 어떤 영화보다도 스케일이 크고 장대하다. 이 영화의 제작 기간은 무려 12년이다. 정확히 말하면 촬영 기간만 12년이다. 〈보이후드〉가 만들어진 방식은 다른 어떤 영화와도 다르다. 다른 어떤 감독도 생각하기 어려운 혹은 생각했다고 해도 감히 도전하지 못한 제작 방식이었다.

〈보이후드〉는 감독과 배우들이 1년에 한 번씩 모여서 러닝타임으로 15분 정도의 분량을 일주일간 촬영하고 헤어지기를 12년간 반복했다. 영화는 15분이 지날 때마다 등장인물들이 1년씩 나이를 먹는다. 성인 배우인 아빠 역의 에단 호크나 엄마 역의 패트리샤 아퀘트의 외모는 극적으로 변화하지는 않지만, 머리나 수염 모양 등이 조금씩 바뀌고 천천히 나이 들어간다. 주인공 메이슨 역의 엘라 콜트레인과 사만다 역의 로렐라이 링클레이터의 경우에는 15분이 지날 때마다 다른 사람이 되어 나타난다. 소년과 소녀에게 1년이란 얼마나 긴 시간이며, 얼마나 많은 것이 변할 수 있는 시간인가? 카메라는 엄마와 아빠, 소년과 소녀가 천천히 혹은 극적으로 변하는 모습을 담담하게 쫓아간다.

감독의 전작을 살펴보자. 1995년 작으로, 여행 중 만난 두 남녀의 사랑 이야기인 〈비포 선라이즈〉는 플래시백이나 시간의 점프를 가능한 배제하고, 영화 중의 시간과 실제의 시간을 가능한 일치시키는 방식으로 만들어졌다. 이후 속편인 2004년 작 〈비포 선셋〉에서 감독은 이런 방식을 좀 더 엄격하게 적용해 영화를 만든다. 링클레이터 감독은 영화의 시간과 실제의 시간을 일치시킴으로써 관객들로 하여금 실제 사건을 바라보는 듯한 느낌을 주려고 한 것이다.

〈비포 선라이즈〉로 자신의 이름을 세상에 알린 링클레이터 감독은 〈비포 선라이즈〉의 주연인 에단 호크와 함께 기존의 영화들이 한 번도 해보지 못한 도전에 나선다. 이 도전은 〈비포〉 시리즈의 도전과 어떤 면에서는 닮아 있지만, 사실 정반대다.

〈비포 선라이즈〉가 시간의 흐름을 따라가며 실시간에 가깝게 만들어 현실성을 극대화하는 데 초점을 맞췄다고 하면, 〈보이후드〉는 긴 시간을 압착해 보여주지만 그 시간 동안 등장인물이 영화 속에서 지나간 시간만큼 실제로 변하는 모습을 보여줌으로써 마치 실제의 사건을 바라보는 것 같은 느낌을 준다.

얼핏 생각해도 이런 방식으로 영화를 만들려고 하면 수백 가지 문제에 부딪칠 수밖에 없다. 실제로도 영화를 찍는 동안 링클레이터 감독은 여러 가지 난관에 봉착했을 것이다. 〈보이후드〉 혹은 링클레이터 감독의 대단한 점은 그 난관을 뚫고 마침내 12년 만에 영화를 개봉하는 데 성공했다는 점이다. 이 성취만으로도 〈보이후드〉는 대단하다. 영화의 내용이나 만듦새가 떨어진다는 얘기가 아니다. 제작 방식이 워낙에 지난해서 이런 영화를 만들어 개봉했다는 것만으로도 큰 성과라는 얘기다. 〈보이후드〉는 굉장히 잘 만들어진 재미있는 영화다.

이 영화에서 우리가 또 하나 주목해야 할 것은 리처드 링클레이터 감독과 배우 에단 호크의 비범한 신뢰관계이다. 자신의 커리어가 어떤 식으로 바뀔지 전혀 예측할 수 없는 배우라는 직업의 특성상 12년 동안이나 함께 영화를 찍고 그후에나 개봉할 영화를 만드는 데에 동의했다는 것은, 에단 호크가 링클레이터 감독을 얼마나 신뢰하는지, 또 둘의 관계가 얼마나 밀접한지 알 수 있게 한다. 링클레이터 감독은 혹시 자신에게 무슨 일이 생겨 영화를 찍을 수 없는 상황이 되면 에단 호크에게 감독까지 맡아서 영화를 완성시켜달라고 부탁했다고 한다. 이와 같은 에단 호크와 링클레이터 감독의 특별한 관계는 이 영화를 완성시킨 원동력이다.

여담으로 영화를 만드는 데 가장 큰 문제였던 건 사만다 역을 맡은 로렐라이 링클레이터가 몇 년이 지난 뒤부터 아빠인 링클레이터 감독에게 영화를 찍고 싶지 않다고 말하며 빠지려 했다는 거였다. 어찌 저찌해서 영화는 완성됐지만 후반부로 가면서 사만다의 비중이 확 줄어든 것은 이런 이유 때문이 아닐까 싶다. 역시 부모 마음대로 되는 자식은 없다.

〈보이후드〉는 영화가 촬영될 당시의 현실을 가능한 충실하게 반영하려고 한다. 패션, 게임, 영화, 놀이 등등 촬영 연도에 유행하는 아이템을 공들여 집어넣었다. 이런 아이템들을 영화에 집어넣음으로써 리얼리티는 한층 더 올라간다. 마치 그 당시 살았던 사람들을 보는 것 같은 느낌으로 캐릭터들을 보게 된다. 드래곤볼이나 해리 포터, 닌텐도 위 등의 아이템이 등장할 때마다 관객들은 자연스럽게 '아 저때 벌어진 일들 얘기구나'라고 생각하게 되고 리얼리티는 극대화될 수밖에 없다.

영화 속에 나오는 아이템 중에서 가장 재미있다고 생각하는 것은 '해리 포터'다. 해리 포터는 〈보이후드〉를 촬영하는 동안 소설부터 시작해서 영화가 1편에서 8편까지 개봉했고 폭발적인 인기를 끌었다. 〈보이후드〉 내에서도 해리 포터 시리즈는 메이슨의 소년 시절에 아주 중요한 아이템으로 여러 번 등장한다.

〈보이후드〉 속 해리 포터 시리즈가 재미있게 느껴지는 이유는 〈보이후드〉와 해리 포터가 똑같이 오랜 시간에 걸쳐 촬영했지만 영화 내 시간의 흐름은 정반대의 방식을 취한다는 점 때문이다. 2001년에 〈해리 포터와 마법사의 돌〉이 개봉하고, 2011년에 8편 〈해리 포터와 죽음의 성물 2〉로 시리즈가 완결되는 동안 등장인물들은 나이를 먹었지만, 영화는 이들이 그렇게 나이를 먹지 않았다고 가정하고 만들어졌다. 하지만 〈보이후드〉는 한 편의 영화에서 등장인물들이 열두 살을 먹었다. 해리 포터가 〈보이후드〉 내에서 중요한 아이템으로 등장할 때 이런 묘한 대조를 잘 살펴보면 무척이나 재미있다.

영화를 통해 우리는 누군가의 인생을 엿보고 그 삶을 보면서 울고 웃고 분노하고 즐거워한다. 〈보이후드〉를 보는 세 시간 동안 우리는 한 소년이나 소녀가 10대를 마치고 20대에 들어가기까지의 과정 혹은 두 아이의 엄마와 아빠가 아이를 키우며 조금씩 나이 들어가는 모습을 실시간으로 보게 된다. 카메라는 우리의 눈이 되어 이들의 삶을 지켜본다. 마치 실제 존재하는 인물들의 삶을 들여다보는 것 같은 느낌으로 영화를 보게 된다. 허구의 현실성이 실재하는 것처럼 느껴진다.

감독이 〈보이후드〉에 담고자 했던 건 우리의 인생이다. 우리의 인생에는 여러 가지 일이 벌어진다. 좋은 일도 있고, 나쁜 일도 있다. 원하는 일이 이뤄지기도 하고, 뜻하지 않은 일이 벌어지기도 한다. 대부분의 영화들이 사람들의 삶이나 인생을 다루려고 하지만, 그 속에 담겨 있는 것은 대개의 경우 찰나의 진실이다. 누군가의 인생에 가장 극적인 한순간을 포착해 영화로 만드는 것이다.

하지만 〈보이후드〉는 그렇지 않다. 영화 속에서 등장인물들은 여러 가지 일을 겪는다. 좋은 일도 있고, 나쁜 일도 있다. 하지만 대부분의 일들이 다른 영화에서처럼 극적이거나 드라마틱한 일이 아니다. 누군가의 인생에서도 펼쳐졌을 것 같은, 비슷하지만 그 사람에게는 중요한 일들이 펼쳐진다. 학교에 들어가고 친구들과 놀고, 엄마가 이혼하고 재혼하고, 취미가 생기고 여자친구가 생기는 등 누구에게나 벌어지는 일들이 메이슨에게도 벌어진다. 이런 각각의 사건은 연관이 있다기보다는 독립적으로 펼쳐지며, 한 사건이 다른 사건에 큰 영향을 미치지 않는다.

우리의 인생이 그렇다. 우리의 인생에 벌어지는 중요한 일들은, 대부분 다른 사람들의 인생에도 벌어지는 중요한 일들이다. 내 인생에만 벌어지는 극적이고도 중요한 일들은 별로 없다. 우리의 삶에 벌어지는 일들은 각각이 독립적으로 벌어지며, 각각의 일들이 다 중요하다. 우리의 인생에 중심 사건이나 줄거리는 없다. 그저 우리는 이런저런 일들이 벌어지는 하루하루를 산다.

영화 마지막에 주인공이 'seize the moment'라고 말하자 친구는 자기 생각은 좀 다르다며 'the moment seize'라고 답한다. 우리는 우리가 순간을 붙잡는다고 생각하지만 실은 그 순간순간들이 우리를 붙잡는 것이라는 얘기다. 다른 영화에서는 감독이 순간을 붙잡는 것을 목표로 삼지만, 링클레이터 감독은 〈보이후드〉에서 순간들이 자기를 붙잡아주기를 기다리며 12년이라는 세월을 보냈고 마침내 성공했다. 이것이 〈보이후드〉가 다른 영화들과 가장 근본적으로 구별

되는 점이다.

순간이 감독을 붙잡아주기를 기다린다는 제작 방식 때문에 벌어지는 재미있는 점이 또 하나 있다. 이 영화는 등장인물들이 나이를 먹고 나면 이전에 찍었던 장면을 다시 찍거나 보충해서 찍는 것이 불가능하다. 그야말로 그 순간에만 존재하는 것이다. 우리의 인생 또한 닮은꼴이 아닌가?

〈보이후드〉 속 엄마의 이야기도 눈여겨볼 필요가 있다. 그녀는 우리 인생의 슬픈 역설을 상징한다. 그녀는 처음 결혼한 남편, 그러니까 메이슨의 아빠가 안정적인 삶을 살기 원했지만, 그렇지 않아서 이혼한다. 이후에 제대로 된 사람이라고 생각해서 만난 사람들은 알코올 중독에 가정폭력을 일삼는 사람들이다. 처음에는 좋은 사람 같았고, 자신이 원하는 사람 같았지만 아니었다. 첫 남편과 이혼 후 그녀는 세 번 더 결혼을 하지만 모두 이혼으로 끝난다.

젊었을 때는 혼자 보낼 수 있는 시간이 필요하다고 말하던 엄마는 영화 마지막에 자신에게는 이제 아무것도 남지 않았다며 슬퍼한다. 엄마의 인생은 역설적인 비극으로 가득하다. 하지만 안정적인 삶을 살 수 없을 것 같았던 메이슨의 아빠는 나이가 들어 건실한 삶을 살게 된다. 아빠는 메이슨에게 말한다. '인생은 타이밍'이라고. 아마도 이것이 링클레이터 감독이 12년이라는 세월 동안 담고자 했던 삶의 진실이 아닐까.

영웅으로 죽을 것이냐 악당으로 살아남을 것이냐

*
*
*

다크 나이트

〈다크 나이트〉가 나오기 전까지 슈퍼히어로영화는 '으레 그런 것'이었다. 애들이나 보는 것, 유치한 것, 오락성만 가진 것, 예술성과는 관련이 없는 것이었다. 하지만 〈다크 나이트〉 이후 슈퍼히어로영화에 대해 이런 이야기를 하는 사람은 사라졌다. 〈다크 나이트〉는 슈퍼히어로물의 역사를 바꿔버렸다. 〈다크 나이트〉가 자기 취향에 맞지 않는다고 말하는 사람은 있어도 〈다크 나이트〉가 별 볼일 없는 영화라고 말하는 사람은 없다.

〈메멘토〉로 관객들에게 충격을 던지며 데뷔한 크리스토퍼 놀란 감독은 그의 다섯 번째 장편 상업영화인 〈다크 나이트〉로 거장의 반열에 올라섰다. 슈퍼히어로영화는 원체 〈슈퍼맨〉 같은 영화처럼 주인공 캐릭터와 배우가 전면에 배치되어 감독이 잘 드러나지 않거나 〈배트맨〉을 연출한 팀 버튼의 경우처럼 대단한 감독이 연출을 맡아 화제가 되는 경우는 있어도, 감독이 거장의 반열에 올라선 경우는 없었다. 장르적 특성 혹은 한계 때문에 감독이 슈퍼히어로영화로 거장으로 인정받기 어려워서 그렇다.

슈퍼히어로영화가 재미있는 영화일 수는 있어도 좋은 영화가 되기 어려운 이유는, 우리가 이런 영화 안에서 느끼고 배우는 것들이 일차원적인 가치들이기 때문이다. 권선징악. 정의가 이긴다는 말은 너무나 좋은 말이지만 그 안에는 우리가 살면서 맞이하게 되는 혹은 맞이해야만 하는 진실은 담겨있지 않다.

히어로영화 속의 주인공은 언제나 옳고 고난을 겪더라도 결국엔 그 고난을 이겨내고 세상에 정의를 가져오는 존재였다. 가장 유명한 히어로인 쫄쫄이에 빨간 빤스를 입은 사나이는 어떤 역경에도 굴하지 않으며 어떤 어려움도 이겨낸다. 그는 항상 옳고 선하다. 〈슈퍼맨〉 이후 등장한 대부분의 히어로영화는 이런 구도를 따라갔다. 팀 버튼의 〈배트맨〉 정도가 이런 구도에서 벗어난 영화이긴 했지만, 그 한계는 명백했다.

하지만 우리가 사는 세상에선 부조리한 일들이 수없이 벌어진다. 국회의장까지 했다는 사람이 캐디의 가슴을 만지고 문제가 되자 손녀 같아서 한 일이라고 말한다. 세상에 어떤 할아버지가 다 큰 손녀의 가슴을 만지나? 그런데도 별다른 처벌을 받지 않고 무사히 넘어간다. 수백억을 빼돌린 재벌 총수는 집행유예로 풀려나지만, 밥을 굶는 아이가 안타까워 빵을 훔쳐다 준 아버지는 몇 년씩 감옥에서 산다. 몇백억어치 주식을 뇌물로 받은 변호사는 자신이 검사 시절에 버스요금 만 원을 빼돌린 기사를 감옥으로 보냈다.

우리가 살면서 겪는 일들은 모순되고 부당한 것들이 대부분이다. 힘이 센 자가 약한 자를 짓밟고, 불의가 정의를 이기는 모습이 우리가 살고 있는 세상의 진실이다. 우리는 생각한다. '이래도 되는 건가?'

〈다크 나이트〉 이전의 히어로영화는 이 질문을 담아내지 못했다. 현실이 아닌 당위가 담겨 있었다. 이래도 되는 건가 싶은 현실이 아니라 이래야만 한다는 환상을 담았다. 그런 영화를 보면서 우리는 대리만족의 카타르시스를 느낄 수는 있지만, 우리가 사는 세상을 진지하게 바라보고 고민할 수는 없었다.

〈다크 나이트〉는 완전히 달랐다. 이전의 히어로영화들이 그려낸 이상적인 세계가 아니라 우리가 사는 세계를 그려냈고, 우리가 하는 고민들을 담아내는 데 성공했다. 〈다크 나이트〉가 던지는 질문은 우리가 살면서 한 번쯤은 하게 되는 질문들이다. 왜 좋은 사람들이 빨리 죽는가? 왜 나쁜 놈들은 성공해서 부자가 되거나 권력자가 되는가? 왜 우리가 사는 세상은 이 모양인가?

〈다크 나이트〉는 우리가 사는 세계의 진실을, 우리의 실존을 담는 데 성공한 첫 히어로영화다. 악이 한때는 승리하는 것처럼 보이지만, 결국 정의가 이긴다. 우리는 그 안에서 재미나 쾌감을 느끼지만 그건 피상적이고 일차원적인 재미일 뿐이다. 〈다크 나이트〉 전에 히어로영화들은 이런 진실을 담은 적이 없다.

어떤 창작물이 걸작의 반열에 오르기 위해서는 세계의 부분적인 혹은 전면적인 진실을 담아내야 한다. "영웅으로 죽거나 아니면 악당이 되어 살아남거라." 영화 속 검사 하비 덴트(아론 에크하트 분)의 대사 한마디로 크리스토퍼 놀란은 히어로영화의 새로운 막을 열었다.

〈배트맨 비긴즈〉로 리부트된 〈배트맨〉 시리즈의 연출을 맡은 크리스토퍼 놀란은 이어지는 속편의 제목에서 '배트맨'이라는 단어를 빼버렸다. 굉장한 모험이었다. 슈퍼히어로영화는 당연히 히어로가 전면에 부각되는 영화여야 하고, 영화 제목에서 그 슈퍼히어로의 이름을 뺀다는 건 상상할 수 없는 일이다.

〈다크 나이트〉 이전에도 배트맨은 슈퍼맨 다음으로 유명한 초인이었다. 신에 가까운 초인인 슈퍼맨과는 좀 다르지만, 부자이고 잘생기고 정의로운 그는 고담시의 악당을 처리하는 슈퍼히어로였다.

그런데도 크리스토퍼 놀란 감독은 과감하게 배트맨이라는 말을 뺐다. '배트맨- 다크 나이트' 같은 방식으로 부제를 달아 표현할 수 있었지만 배트맨이라는 말을 생략했다. 이 생략에 〈다크 나이트〉가 어떤 방향으로 나아갈 것인지에 대한 감독의 의지가 담겨 있다.

놀란 감독은 '배트맨'이 아니라 '다크 나이트'에 방점을 찍었다. 기존에 슈퍼히어로영화가 누군가가 영웅이 되어 영웅으로 활약하는 것이 주를 이루었다면, 〈다크 나이트〉는 영웅이 된다는 것이 어떤 의미인지, 영웅은 어떤 최후를 맞게 되는지에 초점을 맞췄다. 그 결과 놀란 감독은 기존에 우리가 슈퍼히어로영화에 대해 가지고 있던 편견을 깨고 슈퍼히어로를 통해 우리가 사는 세계의 전면적인 진실을 담는 데 성공했다.

〈다크 나이트〉는 우리의 세상을 직시하고 소리 내어 비판한다. 영화 속에서 고든 형사(게리 올드만 분)는 왜 잘못한 것도 없는데 배트맨이 쫓겨 다녀야 하느냐는 아들의 질문을 받고 이렇게 말한다. "그는 우리의 영웅이 아니거든. 그는 침묵의 수호자이자 도시를 지켜보는 보호자. 어둠의 기사란다." 기존의 슈퍼히어로영화들은 세상과 다른 사람들을 지키려 하는 사람이 핍박받고 어둠 속에서 도망 다녀야 하는 반면 악당들은 당당하게 해가 내리쬐는 거리를 활보하고 다니는 우리의 현실을 아무 일이 없는 것처럼 무시하거나 터무니없이 미화해 없는 일을 만들어냈지만, 〈다크 나이트〉는 다르다.

그 결과 슈퍼히어로영화에 대한 편견은 산산조각 났다. 슈퍼히어로영화가 유치한 것이 아니라 그 영화가 유치한 것이고, 슈퍼히어로영화가 수준 낮은 것이 아니라 그 영화가 수준이 낮은 것이다. 쫄쫄이나 케블라 옷을 입은 영웅의 이야기는 더 이상 어린이들의 전유물이 아니다.

놀란 감독이 기존 슈퍼히어로영화의 문법을 완전히 깨버릴 수 있었던 건 역설적이게도, 놀란 감독 자신이 여러 차례 밝힌 대로 슈퍼히어로물을 좋아하지 않았기 때문이다. 미국이나 영국의 아이들은 대부분 어렸을 때 DC나 마블코믹스의 그래픽 노블을 보면서 자란다. 당연하게도 DC와 마블의 히어로에 대한 팬심을 가지고 있다.

이런 팬심은 자연히 히어로영화를 만들 때 의욕을 고취시켜주지만, 고정관념 때문에 부정적으로 작용할 수도 있다. 슈퍼맨이 그래서는 안 되지, 배트맨이 그럴 수는 없어, 아이언맨은 그런 사람이 아니야 등등. 감독의 창의력을 가로막을 수도 있는 것이다.

놀란 감독은 슈퍼히어로물을 그닥 좋아하는 사람이 아니었기 때문에 이런 고정관념에서 벗어나, 대학 때 그의 전공인 문학을 살려 문학 작품들에 담긴 메타포나 모티브를 영화에 적극적으로 활용했다. 〈다크 나이트〉 다음 작품인 〈다크 나이트 라이즈〉의 경우, 찰스 디킨스의 소설《두 도시 이야기》에서 영향을 받았음을 밝히기도 했다.

그런가 하면 보통 명작들이 그렇듯이 이 영화에도 엄청난 디테일이 숨어 있다. 예컨대 홍콩으로 도망친 돈세탁 업자인 라우를 납치하는 계획을 세우는 장면이다. 정상적인 방식으로 범죄자를 데려올 수 없는 상황에서 알프레드(마이클 케인 분)는 브루스 웨인(크리스찬 베일 분)에게 라우를 공중에서 납치한다는 기발한 계획을 제시한다. 둘은 이런 대화를 나눈다. "누가 조종하지?" "남한 밀수꾼이요."

홍콩은 좁은 공간에 고층건물이 밀집해 있다. 과연 어떤 조종사가 이런 고난이도의 비행을 해낼 수 있을까? 북한의 상류층은 집에 남한의 고급 가전을 두고 쓴다는 이야기가 있다. 그들은 이런 물건들을 어떻게 구할까? 보따리 장사에 가까운 국경 무역만으로는 이런 물건들을 손에 넣는 게 불가능하다. 말 만들기 좋아하는 호사가들 사이에는 남한의 물건을 북한으로 실어 나르는 밀수꾼들이 있으며 이들은 레이더 탐지가 불가능한 초저공 비행으로 남한과 북한을 오가며 밀수를 한다는 이야기가 있다.

아마도 놀란 감독은 이 이야기를 바탕에 두고 위의 대사를 쓴 것으로 보인다. 다시 말해 놀란 감독은 '남한과 북한이 분단되어 있으며 둘 사이엔 무역 거래가 없으나, 남한의 밀수꾼이 북한의 상류층이 쓰는 물건들을 비행기를 통해 북한 쪽으로 실어 나르고 있으며, 밀수를 성공시키기 위한 놀라운 비행기 조종 능력을 가지고 있다'는 이야기를 알고 대사를 쓴 것으로 보인다. 우리나라 초저공 비행 밀수꾼 얘기는 우리나라 사람들도 대부분 모르는 이야기다. 공중 납치를 위해 남한 밀수꾼 조종사를 등장시킨 것은 그가 대사 하나하나에 디테일을 담아서 영화를 만들었다는 것을 짐작하게 한다.

끝으로 이 영화에서 제목이 나오는 시점도 눈여겨볼 필요가 있다. 대부분의 영화들은 도입부에 영화 제목이 나온다. 영화가 시작하고 10분이 되기 전에 나온다. 하지만 〈다크 나이트〉는 완전히 다르다. 영화 마지막에 배트맨이 고가도로로 사라지고 나서 '다크 나이트'라는 영화 타이틀이 비로소 등장한다.

답을 내주는 영화는 극장에서 나올 때 끝나지만, 질문을 던지는 영화는 극장을 나오면서 시작한다는 말이 있다. 이것은 〈다크 나이트〉라는 영화가 극장을 나오면서 시작하는 영화라고 말하고 싶었던 놀란 감독의 의도가 담겨 있는 장치다. 마지막에 영화 제목이 자막으로 나올 때가 진정한 영화 〈다크 나이트〉의 시작이다. 크리스토퍼 놀란은 우리에게 묻는다. 당신은 영웅으로 죽을 것이냐, 악당으로 살아남을 것이냐?

김훈종의
인생 영화 이야기

이창동 감독은 알았을까? 자신의 데뷔작인 〈초록 물고기〉
에 건달3 역할로 캐스팅한 단역 배우 송강호가 훗날 대한민
국 영화계를 뒤흔드는 태풍이 될 거란 사실을.

2012년 봄, 우연찮게 마주하게 된 '씨네타운 나인틴'이란
팟캐스트가 내 인생의 주인공이 될 줄, 나는 그때 알았을까?
이재익과 이승훈이 내 삶에서 이토록 많은 지분을 차지하게
될 줄, 과연 나는 그때 알았을까?

씨네타운 나인틴을 통해 흘러나오는 우리 셋의 목소리를
듣고 힘을 얻어 아픔을 달래신다는 '리쏘스 LEE' 님과 '시바'
님의 건강 상태에 노상 마음이 쓰이게 될 줄, 나는 그때 미처
알지 못했다. '남푸른' 님이 성심껏 만든 씨네타운 나인틴 카
페에 가입한 11,055명 회원들과 씨네타운 나인틴 이메일 계
정 '김영화' 님에게 사연을 보낸 10,915통 메일의 주인공들
은 지금 이 순간 행복한지, 항상 마음의 안테나를 기울이게

될 줄, 나는 꿈에도 몰랐다.

　내 삶에서 주인공인 줄 알았던 배우가 어느 날 사고를 치고 잠적하는 경우도 있다. 그저 주인공을 받쳐주는 조연인 줄 알았던 배우가 오히려 영화를 더욱 풍성하고 맛깔나게 만드는 사건도 때때로 벌어진다. 그리고 아주 가끔은 한 번 스쳐 지나가는 단역인 줄 알았던 엑스트라가 쿵, 가슴을 뛰게 만드는 주연으로 보무도 당당하게 내 삶에 등장하는 일도 벌어진다. 그게 인생이다.

　'그러니 당신 삶의 등장하는 모든 인물들에게 성심을 다하셔요. 그래야 복을 받는답니다'라는 말이 아니다. 오히려 내가 하고자 하는 말은 '우리의 도저한 삶은 감히 인간이 측량할 수 없는 영역에 속합니다. 허니 그저 네 멋대로, 네 마음이 가는 대로 사셔요. 그래야 행복하답니다'가 되겠다.(에헴)

　그래도 그 미지의 항해에서 언제나 든든히 곁을 지켜주는 아버지와 어머니께 살포시 고마운 마음을 전해본다. 그리고 삶의 비의에 적셔진 뒤죽박죽 내 인생에서 유일하게 완벽한 캐스팅인 나리와 지우에게 이 책을 바친다.

여긴 어디,
난 누구인가

*
*
*

메멘토

대저 영화광 혹은 씨네필까지는 아니어도 영화에 잠시 미쳐 산 적이 있다. 영화에 대한 집착은 대략 스물에서 스물하나로 넘어갈 즈음에 시작되었다. '하루라도 책을 안 읽으면 입안에 가시가 돋는다'는 안중근 의사의 말씀이 《논어》의 인용이며 한 출판사의 책 팔이 카피임을 알고 배신감을 느끼던 차였지만, 그럼에도 불구하고 '일일불시청영화일편'이면 '구중생형극'이던 때였음을 고백한다.

당시 나는 집을 나와 살았다. 명일동에서 신림동이란 먼 통학 거리도 피곤했거니와 솔직히 자유가 그리웠다. 명분은 '때때로 배우고 익히면 기쁘지 아니한가'라는 《논어》의 한 구절이었다. 예나 지금이나 자식이 공부한다는데 논이라도 팔아주시는 분들이 대한민국 부모님 아니시던가. 그리 어렵지 않게 신림 9동에 방을 하나 얻었다. 하지만 그렇게 '학이시습지'를 들먹였는데 세간살이에 텔레비전을 끼우는 건 아무리 천둥벌거숭이 시절의 나였지만 차마 못 할 노릇이었다.

그리하여 이 씨네필은 마침 집 근처에 있는 비디오방을 찾게 된다. 이 비디오방으로 말씀드릴 것 같으면 가격 경쟁력 빼고는 뭐 하나 내세울 게 없는 곳이었다. 말이 비디오'방'이지 실은 지붕이 전부 뚫려 있는 상태로 칸막이가 쳐진 곳이었다. 들어가면 겨우 한 사람 몸을 기댈 안마 의자 하나가 놓여 있었는데, 거기에 앉아 헤드폰을 쓴 채 영화를 봐야 했다. 지하실 특유의 곰팡이 냄새는 덤이고 담배 누린내 절은 카펫에서는 흡사 바퀴벌레라도 나올 것 같았다.

이런 역경과 시련에도 불구하고 무서운 기세의 씨네필은 비디오방의 거의 모든 목록을 섭렵했고, 그에 따른 당연한 결과로 사장님과 지란지교를 나누는 사이로 발전했다. 하루는 포청천을 닮은 사장님이 이렇게 말했다. "이거 한번 볼래? 서비스다. 어렵게 구한거야." 사장은 거금을 들여 구입한 세계명화전집 가운데 〈전함 포템킨〉을 권했다.

'필시 본인의 영화적 소양과 지적 허영을 위해 질러놓고, 애꿎은 나한테 본전을 뽑으려는 속셈이구나!'라는 생각에 쾌씸했지만, 일단 양잿물을 들이켰다. 내가 그토록 재미나게 본 〈언터처블〉의 계단 장면이 〈전함 포템킨〉의 오데사 계단을 오마주했다는 사실을 알고 있었지만, 직접 원본의 품격을 대하고 보니 그 아우라에 눈이 부셨다.

〈자전거 도둑〉으로 시작해 〈시민 케인〉으로 성장한 나는 〈게임의 규칙〉을 따르지 않고 〈네 멋대로 해라〉라는 격언을 금과옥조로 여기며 살아가다, 〈전함 포템킨〉호에 올라 항해하던 중 〈현기증〉을 느끼고 〈라쇼몽〉에서 내렸다. 안타깝게도 포청천이 내민 미끼상품에 넘어가, 세계명화전집 가운데 '세계' 정도는 내가 산 셈이 되었다. 포청천 사장에게 당했다는 묘한 불쾌함은 영화 모임 동아리에서 갖은 똥폼을 잡으며 풀었다.

이 모임으로 말할 것 같으면 본래 중어중문학과라는 전공의 특성상, 위화의 소설 《살아간다는 것》을 원작으로 삼은 장이머우 감독의 〈인생〉이나 경극이 중요한 소재로 등장하는 천 카이거의 〈패왕별희〉 같은 작품들을 찾아보다가, 결국 재미난 영화라면 뭐든 보는 잡종 영화 모임으로 변질되었다. 영화를 보고 나서 핸드헬드가 어쩌니, 디졸브가 어쩌니, 블리치바이패스가 어쩌니, 떠드는 맛으로 나는 포청천 사장의 죄를 사해주었다.

포청천 사장은 순전히 내 덕으로 사세를 확장하여 점포 이전이라는 쾌거를 이루어냈다. 본래 삼성중학교 근처 건물의 지하실에서 위풍당당하게 녹두거리, 그것도 메인스트림으로 진출했다. 지상 3층이다 보니 더 이상 곰팡이 냄새도 없었고, 넓은 실내 공간과 격조 높은 인테리어가 과히 비디오방다웠다. 포청천 사장은 드디어 방의 모양새를 갖춘 비디오방 창문에 영화 포스터를 꼼꼼히 덧발랐다. 독 짓는 노인의 심정 혹은 방망이 깎는 노인의 마음가짐으로 비디오방답게 완벽한 밀폐공간을 만드는 데 피, 땀, 눈물을 바쳤다.

포청천 사장이 녹두거리의 메인스트림에 진출함과 동시에 나 역시 방망이 깎는 노인의 정성을 생각해 비디오방을 다른 용도로 애용하기 시작했다. 이 용도를 위해서는 영화 선택의 기준이 달라졌다. 재미나 감동 혹은 완성도 따위는 개나 줘버리고, 오직 러닝타임만 보고 영화를 고르게 된 것이다. 〈대부〉는 명작이었고 〈바그다드 카페〉는 예상과 달리 망작이었다. 〈천국보다 낯선〉은 진심 개망작이었고, 〈원스 어폰 어 타임 인 아메리카〉는 초초초대박걸작이었다. 걸작을 찾아 헤매던 나는 〈지옥의 묵시록〉이란 걸작을 마지막으로 월남, 아니 의정부로 입대했다.

제대 후에 다시 찾은 포청천 사장은 나를 반겼다. 내가 사놓은 세계명화전집 역시 그대로 남아 있었다. 다만, 나의 입대 전보다는 장사가 안 된다며 요즘 젊은이들의 타락한 윤리정신을 비난해댔다. 비디오방을 생략하고 바로 모텔로 향하는 젊은이들이 늘어난다는 게 말세의 증거라고 침을 튀겼다. 그 역시 업종을 바꿔야겠다고 구시렁거렸다.

영화를 평가하는 기준이야 깃털만큼 다양하지만, 요즘 자주 참고하는 기준 가운데 '로튼토마토 지수'라는 게 있다. 기존 영화와 얼마나 다르고 신선한가, 관객의 예상이나 클리셰를 피해 독특하게 전개되는가가 그 기준이다. 내가 만든 지수 가운데에는 '토일렛 지수'란 게 있다. 극장에서 영화를 보다가 소변이 마려울 때 얼마나 참느냐가 관건이다. 진짜 재미난 영화는 방광이 터질 것 같아도 참고 참다가 바지춤을 부여잡고 화장실로 뛰어가지만, 뒤가 어떻게 이어질지 궁금하지 않은 영화는 오줌을 만들어 싸더라도 화장실을 가게 된다.

로튼토마토 지수와 토일렛 지수도 훌륭한 잣대가 되지만, 그보다 한 수 위인 '비디오방 지수'란 게 있다. 대부분의 비디오방 이용자들은 '사자가 어흥 대는 장면' 그리고 '엔딩 크레딧'을 보며 나온다. 당연히 주인공이 누군지 줄거리가 뭔지도 모른다. 그런 비디오방에서 영화를 끝까지 제대로 감상한 '비디오방 지수' 100의 작품이 있었으니, 그 이름도 찬란한 〈메멘토〉다.

이 영화는 2017년 현재까지도 내게는 크리스토퍼 놀란 감독의 최고작이다. 피 끓는 청춘도 잠시 쉬어가게 만드는 이 명작은 만약 안 봤다면 우주를 거슬러 가서라도 봐야 한다. 바로 지금! 책장을 덮으시고 굿다운로드 사이트로 이동해 〈메멘토〉를 보시라. 만에 하나 정말이지 천만 분에 하나, 이 영화가 재미없다면 굿다운로드 비용 전부를 본인이 환불해드리겠다고 강력히 말하는 바이다. khooonjong@hanmail.

net으로 메일을 주시면 영화 관람 비용은 물론이요 더불어 한우 등심도 대접할 용의가 있다. 다만, 그렇게 영화 보는 눈이 없는 분이라면 한 시간 동안 함께 등심을 씹을 수는 없을 듯싶으니 혼자 드셔야 할 것이다.

여기서부터는 〈메멘토〉를 보신 독자들에게만 허락되는 지면이다. 다만 내 피 같은 돈으로 한우를 씹은 독자라면 읽지 마시길 간곡히, 정중히, 내 마음 바닥에서부터 진심으로 요청하는 바이다.

아내의 죽음으로 단기기억 상실증에 걸린 남자 레너드(가이 피어스 분)는 메모와 사진, 심지어 문신을 이용해 살인범을 쫓기 시작하는데, 진실에 다가갈수록 걷잡을 수 없는 미혹에 빠지게 된다. 복수는 매혹적이다. 더구나 기억을 잃은 남자의 복수를 지켜본다는 건 더욱 달콤하다. 게다가 10분 이상의 기억력을 지닌 관객이라면, 더욱더 재미있을 수밖에 없는 치명적인 이야기다. 컬러 화면과 흑백 화면. 얼굴에 난 생채기 하나. 문신. 수많은 단서들은 마지막 결말 5분을 향해 차곡차곡 쌓여간다. 그리고 장렬히 폭발한다.

〈메멘토〉를 반전영화의 카테고리에 넣는 건 지극히 부당하다. 그건 마치 이안의 〈브로크백 마운틴〉을 서부영화 장르로 취급하거나, 기타노 다케시의 〈하나비〉를 폭죽놀이영화 카테고리에 우겨넣는 것과 비슷하다. 또 〈메멘토〉는 비슷한 시기에 나온 〈유주얼 서스펙트〉와 곧잘 한 묶음으로 취급받는데, 이 역시 빼빼로와 소말리아산 냉동갈치를 원플러스원으로 판매하는 것과 비슷하게 받아들이기 버겁다.

감히 말하건대, 영화사에서 〈메멘토〉의 성취는 1950년 구로사와 아키라가 〈라쇼몽〉을 들고 나온 쾌거와 맞먹는다. 크리스토퍼 놀란은 그의 후기작을 암시라도 하듯 시간을 비틀고 기억을 뒤집어 흡사 블랙홀 같은 흡인력을 뿜어내는 괴작을 만들어냈다.

레너드가 보이는 기억에 대한 강박증적인 몰두는 결국 시간의 붕괴에 기인한다. 우리가 늘 당연시 여기던 과거, 현재, 미래라는 시간의 틀도 사실상 우리 인간의 잣대가 목적성을 가지고 부여한 기제에 불과한 것이다. 게다가 그의 기억은 내가 나비인지 나비가 내 꿈을 꾸는지 알 도리가 없듯 올바른 팩트인지 단지 자신의 위안을 위한 왜곡인지 분간하기 어렵다.

〈메멘토〉에 '탈脫역사'라는 인식 틀을 부여하는 것이 과한 해석일 수도 있다. 마치 반 고흐는 그저 눈에 보이는 낡은 신발 한 켤레를 그렸을 뿐이지만, 우리는 거기에 '인간과 대지의 만남'이라는 해석을 헌정한 것처럼. 하지만 크리스토퍼 놀란의 후기작인 〈인셉션〉과 〈인터스텔라〉에서 천착하는 그의 주제의식과 시공간을 교차 직조하는 그의 내공을 반추해본다면, 〈메멘토〉에 대한 해석은 결코 과장이 아님을 알 수 있다.

마지막으로, 이 챕터를 마치며 독자들에게 묻겠다. 과연 곰팡이 냄새 나는 지하 비디오방의 포청천 사장과 녹두거리 말끔한 비디오방의 포청천 사장은 동일 인물이라고 믿는가? 아니, 애초에 지하실에 지붕이 뻥 뚫린 전혀 밀폐되지 않은 형태의 비디오방이 과연 존재할 수 있었으리라 믿는가? 판단은 여러분의 몫으로 남겨놓겠다.

다시 한 번 마지막으로, 필자가 소고기 사주겠다고 제시한 저 이메일 주소가 정말 존재하는 주소라고 생각하나? 설마 거기에 고기 사달라고 진짜 메일을 보내는 '프레스티지'한 독자가 있을까 궁금한 밤이다.

사장님이
미쳤어요!

*
*
*

빵과 장미

    최근 무척이나 재미나게 본 프로그램이 있다. 〈효리네 민박〉이란 리얼리티 프로다. 이효리가 사는 제주도 집에 민박 손님을 받는다. 관찰 카메라 형식으로 제작진의 관여는 일절 없이 집주인 이효리와 민박 손님들 간의 관계를 고스란히 영상에 담아낸다.

    워낙 제주도에 사는 게 로망인지라 재미나기도 하고, 천하의 이효리는 어떻게 사나 궁금하기도 하고 해서 본방사수까지 해가며 열심히 봤다. 이효리가 회장. 남편 이상순은 사장. 가수 아이유는 아르바이트 직원. 나름 진짜 영리를 목적으로 운영되는 민박집인 척하는 코스프레를 유머로 끼었다.

    그런데 낄낄대며 재미나게 보나가 가끔씩 나도 모르게 욱! 하는 게 치밀어 오른다. 가장 심하게 욱할 때는 셋이 나란히 누워 낮잠을 즐기는 장면이다. 저건 판타지야! 아니, 예능 프로 보면서 뭐 그리 열불 내냐며 나무라신다면 겸허히 받아들이겠다.

'예능은 예능일 뿐 오해하지 말자!'가 내 모토인데 나는 왜 이번엔 이토록 찌질하게 감정이입을 할까? 내가 〈효리네 민박〉에 진심으로 심취해서인가? 모르겠다. 그냥 진짜 열불이 난다. 현실에서 민박집을 운영해 집세도 내고, 부식비도 마련하고, 각자의 인건비까지 뽑아야 하는 상황이라면, 저렇게 아르바이트생까지 알뜰살뜰 챙기며 매일같이 낮잠을 퍼질러 잘 수 있을까!

아! 그래! 맞다! 내가 이렇게 과도하게 흥분한 이유는 엊그제 본 기사 제목 때문이었다. '제주도 게스트하우스 스태프 청년들, 로망 품고 떠났다 낭만 착취당했네.' 〈효리네 민박〉의 아이유 같을 줄 알았더니 청년들이 하루 13시간 중노동만 하다 제주도 풍광은 구경도 못한 채 돌아왔다는 내용의 기사였다. 그래서 〈효리네 민박〉이 주는 판타지에 잠시 이성을 잃었나 보다.

이효리는 한 토크쇼에 나와 이렇게 말했다. "요즘 주변에서 자기 남편도 이상순처럼 아내에게 자상하고 한없이 너그러웠으면 좋겠다고 해요. 하지만 그건 아니죠. 저와 남편은 제가 그동안 벌어놓은 돈으로 이를테면 긴 휴가를 즐기는 거잖아요. 새벽부터 밤까지 파김치가 되도록 일하고 돌아온 가장들에게 이상순의 자상함을 바라는 건 정말 아닌 것 같아요."

그래! 효리야! 역시 '갓효리'다. 핑클보다 S.E.S에 열광한 내 어린 시절을 반성한다. 그나마 핑클에서도 효리보다 유리를 사랑한 내 어린 시절을 참회한다. 이효리는 〈효리네 민박〉이 결국 그럴싸한 판타지임을 인터뷰에서 정확히 천명했다.

여기 판타지 깨는 걸 어지간히 좋아하는 털보 아재가 한 명 있다. 판타지 브레이커 마이클 무어 감독. 〈다음 침공은 어디?〉에서 다양한 층위와 방식으로 미국이 갖고 있는 허상을 여실히 부숴버린다. 내게 가장 인상적인 에피소드는 노동 분야다. 이 다큐멘터리는 1년에 8주 동안 유급 휴가를 누리는 이탈리아를 보여주며 시작한다.

8주는커녕 1년에 맘 놓고 8일 휴가도 못 내는 대한민국 직장인 김훈종 씨. 그는 오늘도 가족사진을 보며 지친 몸을 이끌고 출근길에 나선다. 따라라라. 왜 대한민국 직장인은 모두 〈인간극장〉을 찍어야 하는가.

〈다음 침공은 어디?〉에 등장하는 이탈리아, 프랑스, 핀란드, 아이슬란드, 슬로베니아 등등의 국가에 다녀온 사람들은 입을 모아 말한다. "야! 진짜 대한민국은 천국이야. 거기는 9시면 가게들이 다 문을 닫아. 뭐 하나 사 먹을 데도 없어. 서비스는 얼마나 개판인지 알아? 뭐라도 하나 시키면 뱃가죽이 등가죽에 붙어야 음식이 나와. 카페에 가도 얼마나 불친절한지 몰라!"

그렇다. 다들 불친절한가 보다. 그런데 희한한 사실은 유럽에 다녀온 사람만 저런 불평을 하는 게 아니라는 점이다. 동남아시아에 다녀온 사람도. 러시아에 다녀온 사람도, 캐나다에 다녀온 사람도, 호주에 다녀온 사람도, 사우디아라비아에 다녀온 사람도, 남아공에 다녀온 사람까지. 정말이지 단 한 치의 예외도 없이 불평을 늘어놓는다.

자! 그렇다면 잠시만 생각해도 다음과 같은 아주 간단한 결론을 도출할 수 있다. '전 세계에서 우리나라에서만 하루 24시간 뭐든 먹고 마실 수 있으며, 레스토랑이나 카페 직원들의 황송할 만큼 친절한 응대를 접할 수 있고, 음식을 주문하면 그 어떤 종류이든 간에 맥도날드 햄버거 나오듯 즉각 받아먹을 수 있다.'

하지만 이 간단한 결론의 방향을 살짝, 아주 살짝만 틀어보자. 감자탕 가게를 운영하는 내 형님은, 하루 종일 가게를 열어서 새벽 3시에도 주린 배를 부여잡고 온 손님들을 먹여야 한다. 카페에서 일하는 내 딸은, 초면에 반말로 지껄이는 손님의 주문을 천사처럼 웃으며 받아야 하고 배알이 꼴려도 절대 말대답 따위를 해서는 안 된다.

피자 배달을 하는 나는 어떤가. 피자가 식었다는 고객의 불만에 오늘도 위험을 무릅쓰고 중앙선을 침범하며 난폭운전을 한다. 치즈가 굳지 않은 따끈한 피자를 품에 안고 201호에 도착한다. 우리가 누리는 모든 편리는 결국 우리가 흘리는 땀과 눈물에서 나온다. 외국에 나가서 불편함을 느낀다면, 반대로 그 나라의 국민들이 누리고 있는 '인간다움'을 생각해봐야 한다.

　나는 내가 한 번도 처해보지 않은 노동을 경험해보았다. 오직 스크린을 통해서. 켄 로치 감독의 〈빵과 장미〉에 나오는 주인공 마야(필라 파딜라 분)는 여성이고, 비정규직이며, 육체노동을 하고, 심지어 불법체류자이기까지 하다. 대한민국 국적의 남성이자 정규직 화이트칼라 노동자인 김훈종으로서는 이해하고 공감하기 쉽지 않은 조건이다. 하지만 거장 감독의 노련한 발놀림은 벽에 가로막혀 있는 이 관객에게 '네가 발 딛고 있는 그곳도 여기서 그리 멀지 않아'라고 속삭이며 영화 속으로 끌어당긴다.

　담요에 숨어 '천사의 도시' 로스앤젤레스에 입성한 마야는 빌딩 청소부로 취직한다. 로스앤젤레스의 그것도 '엔젤 클리닝 컴퍼니'에서 일하는 마야의 주변엔 악마만 득실댄다. 첫 달 봉급은 소개비 명목으로 꿀꺽하는 악마. 5분만 지각해도 즉각 해고해버리는 악마. 영어를 못 한다고 구박하며 자르겠다고 위협하는 악마.

　악마의 광기 어린 몸부림에 신물이 난 마야는 노조를 결성하고 파업을 시작한다. 으레 그렇듯 사측의 '흔들기'가 노동자들을 분열케 만든다. 한 줌의 충격 완충 장치도 없는 노동자들은 사측의 작은 흔들기에도 쉽사리 깨지고 부서진다. 파업이 이어지면서 내부 변절자가 생기고 노동자들은 동요한다. 이때 시위 주동자를 밀고한 사람이 다름 아닌 마야의 언니라는 충격적 진실이 밝혀진다.

마야는 분노에 가득 차 언니에게 따진다. "왜 배신했어?" 언니는 태연하게 답한다. "파트너의 병원비가 필요한데, 내가 못 할 짓이 뭐가 있겠니?" 그리고 충격적인 고백을 덧붙인다. "네 일자리도 결국 매니저에게 성상납해서 따낸 거야. 집이 어려울 때마다 성매매로 번 돈 부쳐준 거야. 넌 그 돈이 어디서 났다고 생각했니?" 언니의 눈물 섞인 절규에 마야는 충격에 빠지게 된다.

충격에서 겨우 벗어난 마야는 온갖 방해와 고난을 물리치고 결국 노조의 파업요구안을 관철시킨다. 당당하게 근무조건을 개선하고 해고자를 원상 복귀시킨 마야. 하지만 정작 마야 본인은 사측에게 꼬투리를 잡혀 멕시코로 추방되면서 영화는 달콤 쌉싸름하게 끝난다.

노동의 건강함은 백 명의 노동자에게 백 개의 충위로 존재한다. 〈빵과 장미〉의 주인공 마야에게는 마야의 노동이 있다. "우리에게 빵을 달라. 그러나 장미도 달라!"고 외치던 1912년 매사추세츠 주 로렌스 직물공장의 여성 노동자들에게는 그네들의 노동이 있다. 〈미생〉의 장그래(임시완 분)에게는 장그래의 노동이 있고, 오과장(이성민 분)에게는 오과장의 노동이 있다. 〈카트〉의 선희(염정아 분)에겐 선희의 노동이 있고, 순례 (김영애 분)에겐 순례의 노동이 있다. 그래서 어렵고, 다시 어렵다. 각자의 노동에서 최선의 선택을 도출해내기란 여간 어려운 함수관계가 아니다.

요즘 대한민국 초등학생들에게 장래희망을 물으면 '정규직'이란 대답이 돌아온단다. 대한민국 초등학생들에겐 정규직과 비정규직의 갈림이 노동의 층위인 것이다. 대통령이요, 과학자요, 장군이요, 의사요, 판검사요…. 비록 부모들의 바람이 세뇌되어 뇌까리는 말이지만 적어도 한 줌의 꿈이 섞여 있었다. 하지만 '정규직이요'에는 한 알의 희망도 한 줄기 설렘도 존재하지 않는다.

어쩌다 대한민국이 희망도 꿈도 완벽하게 거세된 노동의 지옥이 되었는가? 이 질문에 답하기 전에 근원적인 질문을 먼저 풀어보자. '인간은 얼마나 가져야 행복할까?' 케인즈는 1928년 케임브리지대학교 학부생들에게 '우리 후손을 위한 경제적 가능성'이란 강연을 들려줬다. 이 강연의 목적은 젊은 혈기로 이제 막 태동한 볼셰비키 혁명에 반해서 자본주의에 환멸을 느낄지 모를 학부생들에게 자본주의의 장밋빛 미래를 보여주는 데 있었다. 케인즈는 "자본 축적과 기술 진보 덕에 100년 후에 우리 자손들은 주당 15시간씩만 일하면 됩니다"라고 주장했다. 하루 3시간 일하면서도 물질적 풍요를

에휴~ 예전에는
과학자, 장군, 의사 ...
이런 게
장래 희망
이었는데 ...

웬 한숨이냐?
훈종!

형은 장래 희망
뭐였어?

어! 난

이였지 ...

왜! 왜!?

출판 불가야
불가!!

누려 여가를 어떻게 누릴지 고민하게 될 거라는 예언을 했다.

이제 예언의 시간까지 10년 남았다. 하지만 10년 뒤 누구도 하루 3시간 일하며 행복하게 여가를 누릴 것이라 생각하지 않는다. 세계 대공황을 극복한 최고의 경제학자 케인즈의 예언은 처참히 빗나갔고 산산이 부서졌다. 케인즈의 전기를 집필한 로버트 스키델스키는 이 빗나간 예측을 악마와 손잡고 엄청난 힘을 얻은 파우스트에 비유해 설명한다.

자본주의라는 개념은 인간에게 기술 진보와 부의 축적이라는 선물을 주었지만, 반대급부로 영원히 채울 수 없는 무한대의 탐욕을 동시에 족쇄로 채웠다. 케인즈는 인류의 보편적인 욕구, 즉 '먹고사는 문제'가 해결되고 나면 자본주의란 악마가 족쇄를 풀어줄 거라 착각했다. 하지만 자본주의의 속성은 바닷물처럼 마시면 마실수록 갈증만 더 유발한다. 게다가 노동의 이익을 대부분 자본이 흡수해버리는 불균형이 발생하면서 '하루 3시간 일하며 여가를 즐기는 행복'은 영원히 요원해졌다. 한마디로 말하자면, 열심히 일해 얻은 이익은 사장이 다 가져가는데 노동자들의 욕망은 눈치도 없이 불쑥불쑥 용솟음친다.

'사장님이 미쳤어요!'라는 문구가 있다. 지하철역 '땡처리 판매대' 앞에 주로 놓여 있다. 이익을 남기지 않고 오직 소비자만 생각해서 좋은 물건을 판매한다는 뜻이다. 벌면 버는

족족 직원의 복리후생에 쏟아붓는 직원 버전의 '사장님이 미쳤어요!'도 있는데, 안타깝게도 대한민국에서는 찾아보기 힘들다.

멀리 핀란드나 스웨덴까지 갈 것도 없이, 일본에만 가도 이런 '미친 사장님'들이 꽤 많다. 일본에 창립한 지 50년 된 '미라이공업未来工業'이란 회사가 있다. 이 회사는 하루 7시간 15분 동안 일한다. 1년에 140일이 휴일이다. 직원 800명은 전원이 정규직이다. 정년은 일본 규정 60세보다 10년이나 추가된 70세다. 잔업 없고, 야근 없고, 정리해고 없다. 자녀 1명당 육아휴직 3년이 보장된다. 5년에 한 번 전 직원이 해외여행을 가는데 25억 경비는 모두 회사의 부담이다.

가장 인상적인 지점은 승진 방법인데 참으로 기묘하다. 인사이동 시기가 되면 종이에 사원 이름을 적고 선풍기 바람에 날린다. 바람에 날려 멀리 가면 승진. 언뜻 완벽하게 비합리적으로 보이는 이 방법에 직원들이 불평을 가질 것이라고 예상하겠지만, 불만은 전혀 없다. 직위가 어떻든 직원들은 자신의 업무량을 스스로 정하고 불필요한 보고나 보고를 위한 쓸데없는 보고는 하지 않아도 되기 때문이다.

자, 이런 날라리 회사가 제대로 이익을 남길 수 있을까? 의문들이 스멀스멀 올라올 것이다. 하지만 이런 통념을 깨고 미라이공업은 마쓰시타, 도시바 등의 쟁쟁한 대기업을 제치고 당당히 업계 1위로 성장했다. 창립 이래 단 한 번도 적자를 낸 적이 없고 연평균 경상이익률이 15퍼센트나 된다. 전기 스위치 박스 시장에서 80퍼센트의 점유율을 차지하고 있으며 회사 생산품 가운데 98퍼센트가 특허 상품이다.

미라이공업의 창업주 야마다 아키오는 이렇게 자신의 노동관을 명쾌하게 정리한다. "먹고 자는 일이라면 돼지도 하고 소도 하고 있어. 날마다 야근을 시켜버리면 직원은 집에 가서 먹고 자는 일 외엔 못 해. 직원은 가축이 아니니까 자기만의 시간을 갖게 해줘야 해."

결국 케인즈는 옳았다. 미라이공업의 야마다 아키오 같은 경영자가 있으니까. 아니, 아니, 케인즈는 완벽하게 틀렸다. 현실에선 야마다 아키오 같은 사장님을 만나기란 낙타가 바늘구멍을 들어가기만큼 어려우니까. 케인즈는 이렇게 말한다. "자본주의는 인간의 가장 이기적인 특성이 전체 다수의 최대 이익을 위해 가장 이기적인 것들을 행하게 하리라는 놀라운 믿음이다."

안타깝게도 '전체 다수의 최대 이익'은 사라지고 '가장 이기적인 방식'만이 2017년 대한민국을 움직이고 있다. 장미는커녕 빵도 얻기 힘든 대한민국에서 정규직 남성 직장인으로 살아가는 것 자체가 죄스럽다. 나는 라디오 프로그램 프로듀서로서 세 명의 비정규직 작가와 한 명의 진행자와 매일 부대끼며 일을 하고 있다. 나 역시 SBS에 속한 일개 직원이지만, 동시에 〈최화정의 파워타임〉이란 프로그램에선 사장과 비슷한 존재다. 진행자야 연예인이니 예외로 하고, 작가들과의 관계를 돌아보게 된다. 사장 김훈종은 과연 작가들을 아이유처럼 대했는가? 프로듀서 김훈종은 과연 야마다 아키오 같은 훌륭한 리더인가? 대답은 '전혀 아니요' 혹은 '글쎄올시다'가 되겠다. 부끄럽다.

덴마크 왕자 햄릿은 독살당한 아버지의 망령을 만나 숙부 클로디어스에게 복수하라는 말을 듣는다. 하지만 햄릿은 번민에 휩싸여 복수를 바로 실행하지 못한 채 시간을 헛되이 보낸다. 그러다 어느 날 자신을 돌아보며 그 유명한 독백을 시작한다. "죽느냐, 사느냐? 그것이 문제로다." 독백은 이렇게 이어진다. "무엇이 훌륭한 삶인가? 이대로 운명의 포학한 화살과 돌팔매를 맞으며 참고 견디는 것인가, 아니면 밀려드는 고난에 감연히 맞서 싸워 종지부를 찍는 것인가?"

〈햄릿〉 3막 1장의 독백이 오늘 밤 머릿속을 맴돈다. '야마다 아키오 같은 리더를 바라면서 하릴없이 세월을 보낼 것인가? 아니면 내가 먼저 야마다 아키오 같은 리더가 될 것인가?'

책임감과 죄책감 사이

* * *
* * *
* *

언노운 걸

내가 노트북의 자판을 두드리고 있는 이곳은 아산병원 신관 7층 보호자 휴게실이다. 공용 텔레비전에서는 SBS 일일 드라마 여주인공이 눈을 치켜뜨며 외친다. "네가 어떻게 나한테 이럴 수 있어? 네가 이러고도 인간이냐?" 정지 화면과 함께 빨간색 감자탕 자막이 '협찬 제공'이란 명목으로 커다랗게 뜬다. 갑자기 감자탕이 심하게 당긴다. 추릅. 춥춥. 감자에 붙은 살점을 쪽쪽 빨아 먹고 싶다. 내 옆자리엔 팔순 어르신이 자판기 밀크커피를 후릅 들이켜신다. 이상하게 병원에만 오면 자판기 커피가 마시고 싶다.

여기가 더블린? 난 제임스 조이스? 왜 자꾸 의식의 흐름으로 자판을 두들기고 있냐고? 병원에서 보호자 역할을 해본 적이 있는 사람이라면 충분히 이해할 것이다. 병원이란 곳이 그렇고, 보호자란 역할이 그렇다. 환자를 아끼는 마음은 있는

데 딱히 내가 할 수 있는 일은 없다. 그저 마음을 쓰는 일이 전부. 아픔을 나누면 반이 된다고? 개소리다. 아픈 건 환자가 감내해야 할 몫이다. 나눠 지려고 용을 써봐도 나눠 질 수 없는 실존적 한계가 엄존한다. 특히나 가족이면 아픔을 나누고자 하는 마음과 현실의 괴리가 머릿속을 멍하게 하면서 지옥을 만든다.

영화 〈언노운 걸〉의 주인공 제니(아델 에넬 분)의 심정이 이럴까? 제니는 우리나라로 치자면 보건소 의사로, 후배 의사한 명과 함께 근무하고 있다. 어느 날 후배 인턴 줄리앙(올리비에 보노 분)에게 찾아온 소아 환자가 간질로 발작을 일으킨다. 줄리앙은 당황하며 어쩔 줄 몰라 하고, 제니는 침착하고 씩씩하게 응급조치를 취한다. 진료를 모두 마치고 퇴근하기 직전 제니는 후배를 나무란다. "의사는 어떤 상황에서도 침착함을 잃으면 안 돼!"

진료소의 공기는 묘한 분노와 반감으로 뒤덮여 숨 막힐 듯 답답하다. 바로 그 순간, 진료소의 벨이 울린다. 줄리앙과의 감정 싸움에 이미 화가 치민 제니는 "진료 시간 다 지났는데 찾아오는 인간들은 뭐람?"이라고 투덜대며 문을 열어주지 않는다.

그리고 다음 날, 형사가 찾아온다. 진료소 문을 두드린 신원미상의 소녀가 시체로 발견됐다는 소식을 전하며 제니를 추궁한다. 제니는 그 순간 집채만 한 죄책감의 파도에 휩쓸린다. 굳이 우리나라 상황에 비유하자면, 아산병원이나 삼성병원 같은 곳에 지원해 이미 합격 통보를 받은 제니. 엄청난 연봉과 최첨단 연구 장비가 그녀를 기다리고 있지만 신원미상의 소녀가 그녀의 발목을 잡는다.

제니는 죽은 소녀에 대한 죄책감을 덜려는 듯 진료소에 남는다. 그러고는 더욱 성심껏 환자를 돌보는 한편, 죽은 소녀의 신원을 찾아 시내 곳곳을 헤맨다. 〈내일을 위한 시간〉에서 산드라(마리옹 꼬띠아르 분)가 동료 직원들을 하나하나 만나면서 비루한 우리 삶의 진면목을 확인하듯, 제니 역시 한 겹한 겹 마을의 추악한 진실과 맞닥뜨리게 된다.

자, 이제부터 솔직히 고백하겠다. 영화의 서사가 이어지는 동안 제니의 죄책감에 십분 공감하지 못했다. 과연, 소녀의 죽음이 제니의 탓인가? 진료소가 마감한 시점에 찾아온 소녀에게 문을 열어줄 책무가 있을까? 제니는 합리적 선택을 했을 뿐이다. 설사 소녀를 맞아 치료해주고 그날 밤을 무사히 넘겼다 한들 소녀는 계속 무사했을까?

꼬리에 꼬리를 무는 질문 속에 영화의 설정이 과하다는 생각과 '다르덴 형제의 공력도 이제 다했구나'라는 안타까움이 몰려왔다. 이들 감독이 전작인 〈로제타〉나 〈더 차일드〉에서 보여준 내러티브의 힘이 느껴지지 않았고, 주제의식을 위해 억지로 끼워 맞춰진 이야기로 느껴져 아쉬웠다.

주인공 제니 역의 아델 에넬은 한 인터뷰에서 '소녀의 죽음이 제니의 탓이라고 보기는 어렵지 않나?'라는 질문에 이렇게 답한다. "기본적으로 의사에게는 사람을 살려야 하는 의무가 있다. 소녀의 죽음이 제니의 탓이라고 할 순 없겠지만, 사건에 책임을 느끼는 건 의사의 본능이 아닐까 생각한다."

의사의 본능이라고? 시나리오를 면밀히 분석한 주연 배우의 해석에도 불구하고, 여전히 내 질문은 명쾌한 답을 얻지 못했다. 소녀를 죽인 자. 소녀에게 매춘을 한 자. 소녀를 데려와 매춘을 하게 도운 자. 그 모든 걸 옆에서 지켜보며 침묵하는 자. 제니보다 더 큰 죄책감에 시달려야 마땅한 인간들은 정작 태연하다. 그럼에도 불구하고 대체 왜, 제니는 이토록 아플까?

첫 번째 질문이 답을 얻지 못한 채, 두 번째 질문이 연이어 나를 괴롭힌다. 제니는 왜 그토록 소녀의 이름에 집착하는가? 제니는 이미 세상을 떠난 소녀의 이름을 찾아주기 위해 온갖 노력을 다한다. 이미 죽었는데 '신원미상'을 벗는 게 그토록 의미 있을까? 소녀가 이름을 찾는다고 소녀의 심장을 다시 뛰게 만들 수 있나? 역시나 쉽사리 이해가 가지 않는다. 그러다 문득 김춘수 시인의 〈꽃〉이 떠올랐다.

제니가 죽은 소녀의 이름을 부르기 전
소녀는 다만 하나의 몸짓에 지나지 않았다

제니가 소녀의 이름을 불러주었을 때
소녀는 제니에게로 와서 꽃이 되었다
우리들은 모두 무엇이 되고 싶다
제니는 소녀에게
소녀는 제니에게
잊혀지지 않는 하나의 눈짓이 되고 싶다

어릴 적부터 늘 듣고 보던 시구절이 답을 주었다. 제니는 소녀에게 이름을 부여함으로써 소녀가 우리와 함께 살아가는 공동체의 일원임을 일깨우려 한 것이다. 동시에 지구 위에서 한낱 유기물에 불과한 나의 정체성을 규정하는 대상이 소녀다. 누가 누구에게 도움을 주는 게 아니라 서로가 서로를 통해 자신의 정체성을 확립하는 셈. 사람 인ㅅ이라는 글자가 보여주듯 우리는 서로 기대어 비로소 인간이 되며 인간으로 살아가다 인간으로 죽는다. 한마디로 제니의 몸부림은 소통을 통해 자신을 찾고 싶어 한 노력이다.

두 번째 질문이 답을 획득하는 순간, 첫 번째 질문의 열쇠까지 얻게 되었다. 제니가 느끼는 연대와 소통. 그리고 자연스레 그로부터 파생되는 책임감. 애당초 감독인 다르덴 형제는 '제니'라는 캐릭터를 관객인 내가 이해하길 바란 게 아니다. 오히려 다르덴 형제는 카메라를 응시하며 서사의 경계를 허물고 나를 무섭게 노려본다. 마치 네 개의 팔과 네 개의 얼굴을 가진 힌두교 신화의 주신 브라흐마처럼 나를 노려본다. 네 개의 팔. 두 개의 얼굴.

다르덴 형제는 굳이 제니를 이해하려 애쓰지 말고, 그저 제니를 따르라는 정언명령을 엄중하게 내리기 위해 영화를 만든 것이라고 확신한다. 제니의 행위는 형식, 목적, 결과와 관계없이 그 자체가 '절대선'이라고 외치는 셈이다. 감독 뤽 다르덴은 한 인터뷰에서 이렇게 말한다. "우리는 우리 영화의 관객이, 극 중 인물이 어디서 왔으며 왜 그렇게 행동하는지 설명할 수 없기를 바란다."

유레카! 이 인터뷰를 접하고 첫 번째 질문에 대한 자문자답이 명쾌한 근거를 얻었다. 확신했다. 다르덴 형제는 내가 제니를 이해 못 할 수도 있다고 생각하는구나. 다만 내가 제니의 '절대선'을 닮아가기를 아니, 그보다 닮으려고 노력이라도 하기를, 혹은 닮지 못한 내 자신을 하다못해 반성이라도 하기를 바라는구나.

〈로제타〉이후 〈더 차일드〉, 〈자전거 탄 소년〉, 〈내일을 위한 시간〉을 보면서 점점 다르덴 형제의 내러티브가 소멸하고 있다는 실망감을 느꼈다. 하지만 내가 철저히 오독했다는 사실을 지금에야 깨닫는다. 이 거장 형제는 네 개의 팔과 네 개의 얼굴을 지닌 이해하기 힘든 형상을 갖추더라도 결국 이 세상을 제대로 창조하고 싶은 욕망을 과감하게 드러내온 것이다. 브라흐마는 43억 2,000만 년 동안 지속되는 우주를 창조했다. 다르덴 형제는 기껏해야 43년 2개월 동안 영화를 찍었을 게다. 하지만 이 형제는 소외, 실업, 가난, 폭력을 두 눈 부릅뜨고 지켜봐왔고 관객들에게 보여주었다. 1999년 그들의 대표작 〈로제타〉는 청년 실업에 울부짖는 벨기에를 깨웠다. 정부로 하여금 '로제타법'을 제정하게 만들었다. 수많은 정치인과 공무원들이 도달하지 못한 지점에 다르덴 형제는 두 발과 카메라로 다다랐다.

다시 〈언노운 걸〉로 돌아가보자. 제니의 직업은 의사다. 유사 이래 의사란 직업은 비록 최상위 계층은 아니었어도, 결단코 헐벗고 굶주린 위치도 아니었다. 현대에 접어들면서는 부인할 수 없을 정도로 강력한 힘을 지닌 집단이다. 제니에게 의사란 직업을 부여한 다르덴 형제는 노골적으로 이렇게 외치고 있다. 이 사회에서 '더 가진 자와 더 힘 있는 자'의 책무는 무엇인가.

제니와 줄리앙 그리고 제니가 치료하는 수많은 환자들을 한데 모으고 싶다. 그리고 이름 모를 소녀까지도. 그들과 뜨끈한 감자탕 한 그릇을 나누고 싶다. 추릅. 춥춥. 감자에 붙은 살도 떼어내고 흰 쌀밥을 국물에 쓱쓱 비벼 볼이 미어져라 먹여주고 싶다.

다시 다르덴 형제의 작품을 본다. 그들의 네 눈이 나를 응시한다. 브레히트 사사극의 주인공처럼. 혹은 〈하우스 오브 카드〉의 주인공 프란시스 언더우드(케빈 스페이시 분)처럼. 스크린과 관객 사이를 철저히 가르는 영화의 법칙 따위는 개나 줘버려! 그런 법칙은 이 형제에게 아무런 의미도 없다. 다르덴 형제에게는 더 중요한 '세상의 법칙'이 있기 때문이다. 형제의 눈. 나를 노려본다. 무섭다.

갑을병정…
'계'의 세상

*
*
*

범죄와의 전쟁·우아한 세계

내가 다니던 대학엔 유독 '족팩'을 즐겨하는 무리들이 서식했다. 이 무리로 말할 것 같으면 주로 중앙도서관에 터를 잡고 새벽 동이 트기 무섭게 각종 형광펜을 육법전서에 휘갈기기 시작한다. 책상에는 큰 책받침이 놓여 있고 각종 책을 천장에 닿을 듯 쌓아놓고 읽는다. 점심이 되면 끼리끼리 우르르 몰려와 학생회관 식당으로 향한다. 700원짜리 밥을 식판에 담아 맛나게 해치우고 남은 300원으로는 '서울우유 커피맛'을 사들고 쪽쪽 빨아가며 도서관 앞 잔디밭으로 향한다. 그리고 본인들이 빨던 커피 우유팩을 겹겹이 합쳐 '족팩'을 시전하는 것이다.

이들은 대개 대여섯 명이 원을 이루는데 팩을 백 번 이상 땅에 떨어뜨리지 않는 부류들을 일컬어 '장수생'이라 정의한다. 장수생이란 딱지를 달고 있으면 대개 입성이나 낯빛부

우유를

따라
마시고...

꾸깃
꾸깃

우유값 벌려 나와서
우유팩 차고 있네.

열심히 차고. 열심히
들어가서 돈 벌자!

아~
애환이
묻어나는
직장인의 삶이여...

터가 푸석푸석하다. 내가 알고 있던 장수생이 한 명 있는데, 남루한 행색 가운데에서도 자못 준수한 얼굴이 빛났다. 굳이 찾으려고 각고의 노력을 한다면 나름 닮은 구석이 없지는 않을 것이라고 말할 수도 있을 것 같아, 지금부터는 그 형을 '조승우'라 칭하겠다.

조승우 형은 학과 선배인데 중문학도로서 송米대에 유독 심취했는지 어쨌는지 소년등과를 목표로 입학하자마자 사법 시험에 몰두했다. 조승우 형의 고향은 전라도의 한 섬이었고, 위로는 누나가 다섯이었는데 막내인 관계로 부모님은 이미 연로하신 상황이라 하숙비며 학원비와 책값 모두 누나들과 자형들의 주머니에서 나왔다. 형제간의 우애는 더할 나위 없이 좋았고, 조승우 형의 머리 또한 비상해 그는 자신이 태어난 섬의 자랑이자 대들보이자 기둥이자 서까래이자 주춧돌이었다.

비록 나는 까마득한 후배였지만 메디치가의 심정으로 커피 우유나 카스테라를 후원했다. 하지만 소년등과는 그리 녹록치 않았고, '공부는 언제 끝이 나냐?'는 자형들의 원성과 '백세주는 언제쯤 마시게 되냐? 과연 마실 수는 있는 거냐?'는 나의 원망이 하늘에 닿을 때쯤, 형은 합격 소식을 알렸다. (당시 언론사나 고시에 합격한 선배들은 후배들에게 다른 선배들과 자신들은 다르다는 차별성을 강조하기 위해 소주 대신 백세주를 사줬는데, 백세주 뚜껑 고리를 이어 바닥에서 천장까지 닿을 만큼 마셔댔다.)

그리고 얼마 후, 백세주의 숙취가 채 가시기도 전에 조승우 형은 청첩장을 돌렸다. 형수님은 교회의 아는 분이 소개해줬다고 했다. 들리는 소문에 따르면 첼로를 전공하는 미모의 재원으로 신부의 아버지 건물 가운데 하나에는 신림동 순대타운이 들어서 있다고 했다. 조승우 형의 결혼식에는 웃음이 떠나지 않았으며 특히나 그의 자형들과 누이들은 세상을 다 얻은 것처럼 박장대소했다.

그리고 조승우 형은 우리와 연락이 끊긴 채 다른 세상으로 진입했다. 그래도 내가 후원한 카스테라가 달고 맛있었던지 몇 년 후 내게 전화 한 통을 걸어왔다. 긴 통화였지만, 세 줄로 요약하자면 다음과 같다. 첫째, 너희들의 예상대로 장인 건물의 순대와 오소리감투가 열과 성을 다해준 덕에 공부에만 매진할 수 있었다. 둘째, 고로 연수원에서도 높은 성적을 얻어 곧 검사로 임관한다. 셋째, 이 좋은 뉴스를 다양한 분야의 동문들에게 널리 알려라.

지금쯤, 조승우 검사는 부장검사에서 차장검사를 달려고 갖은 애를 쓰고 있을 것이다. 박근혜-우병우-최순실 게이트 덕에 국민들의 시사상식 수준이 엄청 올라갔다. 차장검사가 부장검사보다 높다는 것도 알게 되었고, 민정수석이란 자리가 항간에 떠도는 이야기를 대통령에게 전하는 패관이 아니라 검찰 인사권을 좌지우지하는 요직 중에 요직이란 사실도 알게 됐다. 조승우 형이 영화 〈내부자들〉의 우장훈(조승우 분)처럼 정의로운 검사가 되었을지, 〈부당거래〉의 주양(류승범 분)처럼 변해버렸을지는 알 수 없다. 다만, 둘 중 하나가 되어 있을 것이지 적당한 선에서 적당하게 정의로울 수 없다는 검찰의 생리쯤은 이제 나도 알게 되었다.

그렇다면 왜 검찰은 정의의 사도 아니면 괴물이 될 수밖에 없는 극단적인 조직이 되어버렸을까? 이 뿌리는 이번에도, 여지없이, 또, 친일 청산 실패와 박정희의 군사 쿠데타로 넘어간다. 대한민국이 정의롭지 못한 이유는 친일 매국 세력을 엄중히 처단하지 못한 탓이요, 압축 성장의 부작용으로 신음하게 된 이유는 박정희의 무리한 산업화 때문이다. 2017년 대한민국에서 우리 국민이 당면하고 있는 모든 문제의 뿌리는 이 두 가지로 귀결된다.

검찰이 수사권과 기소권의 독점이라는, 세계에서 유례를 찾기 힘든 기형적인 권력을 가지게 된 이유를 파헤치면 먼저 친일 매국노들이 등장한다. 경찰에게 수사권을 주고 검찰에게 기소권을 주는 게 세계적 추세이자 상식이다. 해방 후 국회는 이 상식을 따르려다 고민에 빠진다. 경찰은 고위층과 말단을 막론하고 친일 매국노들로 가득 차 있었다. 이승만 정권하에 비대해지고 막강해진 경찰 세력이 서슬 퍼렇게 똬리를 틀고 있었고, 인원도 검찰에 비하면 훨씬 많았다. 이런 저간의 사정 때문에 한시적으로 검찰에게 수사권까지 주되,

경찰의 친일 매국노들이 청산되고 균형을 잡게 되면 수사권을 되돌려주는 것으로 국회에서 합의된 것이다.

그런데 박정희가 군사 쿠데타로 정권을 잡고 검찰을 통해 이른바 먹물 냄새 나는 철권통치를 완성하면서 수사권은 요지부동 검찰의 전유물이 되었다. 군대를 동원해 위협하고 중앙정보부에 끌고 가 겁주는 철권에 합법적이면서도 엘리트적인 포장이 필요했는데, 그 역할을 충실히 수행한 게 바로 정치 검찰들이다. 대다수의 검사들이 박봉과 격무에 고생할 때, 〈더 킹〉의 한강식(정우성 분)처럼 오직 정권의 개가 되어 헐떡대던 극소수의 검사들이 오늘날 검찰 공화국을 탄생케 한 것이다.

영화 〈범죄와의 전쟁〉을 보고 있노라면, 대한민국 최고 지성 집단인 검찰이 조폭과 뭐가 다른지 의문이 든다. 그러다 문득 이해가 됐다. 깨달음이 왔다. 아! 그렇구나. 대한민국 전체가 조폭스러운 상황이니, 대한민국에서 제일 똑똑하고 제일 열심히 사는 엘리트 집단인 검찰이 제일 조폭스러울 수밖에 없구나.

직장 상사가 까라면 까야 하고, 학교 선배가 마시라면 마셔야 한다. 사장이 해고라면 해고인 줄 알아야 하고, 집주인이 나가라면 나가야 한다. 합리적 질문이나 반대는 존재할 수 없다. 상명하복만이 지켜야 할 신조다. 그러니 '검사동일체'라고 부끄러운 줄 모르고 떠드는 검찰이야말로 대한민국 조폭DNA의 화신인 것이다.

〈더 킹〉의 한재림 감독이 연출한 〈우아한 세계〉를 보면, '조폭도 결국 생활인이구나!'란 생각이 일견 든다. 하지만 한 꺼풀만 벗겨보면 대한민국 사회 전체가 조폭이란 감독의 메시지를 알아챌 수 있다. 조폭의 가장 큰 특징은 내가 너에게 뼈다귀를 던져줄 터이니, 정의나 인간의 도의 따위는 개나 줘버리고 나에게 무조건 충성하라는 것이다. 사회가 굴러가는 원리는 첫째도 힘! 둘째도 힘! 강인구(송강호 분)가 몸담고 있는 세상만 조폭월드가 아니라, 우리 모두가 맹수가 우글대는 정글에서 밥벌이의 지겨움을 감내하고 있다. 갑. 을. 병. 정. 무. 기. 경. 신. 임. '계.' 우리 모두는 계의 세상을 살아내고 있다. 꾸역꾸역.

용산 철거 참사를 다룬 영화 〈소수의견〉에서 검사는 국가 폭력의 희생자를 용역 깡패라며 몰아붙인다. 영화 〈변호인〉의 검사는 아무 죄도 없는 순순한 학생들을 '빨갱이'라며 비난한다. 〈검사외전〉의 차장검사는 국회의원이 되겠다는 욕심에 눈이 멀어 후배 검사에게 억울한 누명을 덧씌운다. 성실하게 정의를 위해 땀 흘리는 검사들은 '왜 나오는 영화마다 검사를 이렇게 묘사하냐?'고 항변할지 모른다. 하지만 가슴에 손을 얹고 생각해보길 바란다. 검찰의 지난 60년이 어떠했는지. 대한민국이 조폭월드가 되는 데 검찰이 얼마나 많은 기여를 했는지.

　광화문에 가면 해치상이 있다. 그런데 묘하게도 해치의 뿔이 실종되어 있다. 해치란 본디 시비곡직을 판결할 때, 거짓을 말하는 악당을 외뿔로 응징하는 짐승이다. 제아무리 늠름한 자태를 뽐내도 뿔이 없는 해치는 더 이상 신수神獸가 아니다. 대한민국 검찰도 어서 빨리 외뿔을 되찾길 간절히 바라본다.

맥주가 애인보다 좋은
7가지, 아니 3가지 이유

*
*
*

그때 그 사람들·베테랑·
보이후드

1996년. IMF 구제금융의 광풍이 대한민국을 휩쓸기 직전, 맥주 거품처럼 흥청망청거리던 시절의 이야기다. 〈맥주가 애인보다 좋은 7가지 이유〉라는 어처구니없는 제목의 영화가 개봉했다. 제목부터 뜬금없지만 조악한 영화 내용과 비교하자면, 제목은 대한민국 최고의 천재 카피라이터 이재익 뺨을 좌삼삼 우삼삼으로 휘갈겨 치는 초특급 카피다. 여기서 문제는 옴니버스 형식의 영화에 참여한 일곱 명의 감독들인데, 당시로선 '충무로 7인의 사무라이'라는 말으로도 수식이 버거운 대감독들의 집합이라는 점이다.

〈남부군〉, 〈헐리우드 키드의 생애〉, 〈하얀 전쟁〉의 정지영, 〈걸어서 하늘까지〉, 〈게임의 법칙〉의 장현수, 〈영원한 제국〉의 박종원, 〈안개기둥〉, 〈접시꽃 당신〉, 〈301 302〉의 박철수, 〈은마는 오지 않는다〉, 〈추락하는 것은 날개가 있다〉의 장길

수, 〈약속〉, 〈단지 그대가 여자라는 이유만으로〉의 김유진, 그리고 굳이 수식이 필요 없는 강.우.석.까지. 그야말로 블록 버스터급 충무로 초호화 군단이 합세한 섹시 코미디 옴니버스 영화가 탄생했다. 따봉!!!

표현이 아재스럽다고 쌍욕을 시전하시는 독자와 '장길수가 대체 누구냐? 삼다수의 프리미엄 브랜드냐?'며 반문하시는 독자들을 배려해, 2017년 최신 버전 번역기로 돌려보겠다. "박찬욱, 봉준호, 김지운, 최동훈, 나홍진, 류승완, 윤종빈 일곱 명의 감독이 모여 '맥캘란'과 콜라보해서, '싱글몰트가 애인보다 좋은 7가지 이유'라는 영화를 선보인다." 음… 대략 이 정도 느낌으로 이해하시면 되겠다.

이 자리를 빌려 영화 내용을 소개하기가 난감한 게, 7개의 소제목부터 영화의 내러티브까지 젠더 감수성이라곤 눈 씻고 찾아봐도 찾아볼 수 없는, 구역질 나는 내용으로 가득 차 있기 때문이다. 당시 유행하던 19금 여성 비하 농담을 대충 추려 조악한 에피소드와 육덕지게 버무려댔다. 국가대표 감독들의 작품이라고 말하기엔 명백히 함량 미달이다. 아마 자신들의 필모그래피에서 가장 먼저 삭제하고 싶은 영화 1순위일 테다.

이 영화의 크레딧을 보면 꽤나 흥미롭다. 1990년대 영화 좀 봤다고 자부하는 관객들이라면 당연히 예상했겠지만, 강우석이 제작자다. 강우석 제작이기에 이 쟁쟁한 감독들을 쉽사리 한데 모을 수 있었다. 그중에서도 각색이 유독 눈에 띄는데, 그 이름도 찬란한 봉.준.호. 추측컨대, 강우석 감독이 감독 지망생 봉준호의 호구지책을 염려해 일부러 각색을 시키지 않았을까 싶다. 결국 〈맥주가 애인보다 좋은 7가지 이유〉가 〈괴물〉을 낳았다고 말한다면? 맞다. 열한 번째 오징어 다리처럼 말도 안 되는 비약이다.

그리하여 나는 봉준호가 〈맥주가 애인보다 좋은 7가지 이유〉를 각색하는 심정으로 일곱 감독의 일곱 작품을 엄선해, 일곱 가지 맥주와 환상의 '매치업'을 완성시켜주겠다는 야심 찬 기획을 밝히는 바이다. 영화를 보신 분들은 지정된 맥주를 들이키며 다시 한 번 영화를 보시고, 안 보신 분들은 맥주를 마시면서 영화를 영접하시라. 필자의 매치업이 환상적임을 눈물 뚝뚝 흘리며 고백할 것이다. 환호성을 지를 수밖에 없을 것이다. 단, 맥주는 최소 7병 이상 마실 것.(그렇다. 꼼수다. 꼼수임을 인정하는 바이다. 맥주 7병을 마시면 뭘 해도 즐거우니까.)

임상수의 〈그때 그 사람들〉/올드 라스푸틴(러시안 임페리얼 스타우트/미국)

이건 그냥 완벽한 조합이다. 맥주병에 새겨진 라스푸틴의 기괴한 사진부터 임상수의 암울한 세계관과 이토록 정교하고 치밀하게 맞아떨어지다니! 라스푸틴은 시베리아 빈농으로 태어나 도둑질하다 들켜 수도원을 전전한다. 본명은 그리고리 예피모비치 노비흐인데 워낙 어릴 적부터 방탕하여, '방탕한 놈'이란 의미의 '라스푸틴'이 성姓이 되었다.

그는 최면술을 기반으로 한 편신교에 빠지게 되었는데, 거기서 배운 최면술을 바탕으로 러시아 마을 곳곳에서 '용한 수도사'로 명성을 떨치게 된다. 황후 알렉산드라에게까지 이 소문이 퍼져 마침내 궁궐에 입성하여 니콜라이 2세의 비선 실세로 전횡을 일삼다 로마노프 왕조의 몰락을 초래한다.

그가 권력의 핵심에 다가선 과정이 묘하게 흥미롭다. 라스푸틴은 황태자 알렉세이의 병세를 호전시키면서 신임을 얻기 시작한다. 황태자는 당시로선 불치병인 혈우병을 앓고 있었다. 때문에 의사들의 딱딱하고 사무적인 응대보다는 라스푸틴의 부드러운 말투와 최면술이 병세를 호전시켰을 가능성이 크다. 일종의 플라시보 효과였던 셈.

이어서 황후 알렉산드라를 라스푸틴이란 이름에 걸맞게 성적으로 유혹하고 최면술로 현혹시킨다. 황제는 그의 추문과 비행非行에 관해 보고한 총리를 오히려 추방시키고 라스푸틴을 싸고돌았다. 그리고 마침내 볼셰비키 혁명이 일어나 왕조는 무너지고 황족이 총살당하며 라스푸틴도 죽음을 맞이한다.

정말 어디서 많이 들어본 이야기 아닌가? 완벽한 기시감이 들지 않는가 말이다. 무소불위의 최고 권력. 최고 권력자의 여인. 사교. 최면술. 섹스 스캔들. 비행을 보고한 자와 오히려 비선을 옹호한 자. 보고자의 몰락. 비선 실세. 국민의 분노. 총살. 혁명. 〈그때 그 사람들〉. 오호. 소름. 정말이지 완벽하게 들어맞는다. 역사는 돌고 돈다는 말이 실감 나는 대목이다.

'올드 라스푸틴'은 미국 회사 노스코스트의 임페리얼 스타우트 맥주다. 스타우트는 맥아를 강하게 볶아 어두운 색이 난다는 뜻으로 간단히 말해 흑맥주란 것이다. 임페리얼은 일반 흑맥주보다 도수가 높다는 의미. 한마디로 엄청나게 센 흑맥주다. 깊고 풍부한 에스프레소 향과 초콜릿 향이 먼저 올라온다. 뒤이어 말린 자두의 과일 향이 혀끝을 부드럽게 밀어준다. 진득한 흑갈색 위에 연한 갈색의 크림 헤드가 맥주의 위엄을 과시한다. 강하면서 부드러운 모순된 바디감. 고소하면서 입안을 간질이는 밀도감이 예술이다. 9퍼센트라는 도수를 숨기는 부드러운 목넘김이 때론 인사불성을 초래할지도 모른다는 것이 치명적인 단점.
'올드 라스푸틴'을 마시며 '시바스 리갈'을 마시다 총 맞는 누군가를 지켜본다는 건 어떤 의미일까.

류승완의 〈베테랑〉/듀벨(벨지안 골든 스트롱 에일/ 벨기에)
누군가는 액션영화로 보고, 또 누군가는 사회 정의에 관한 영화로 읽을 것이다. 하지만 내게 〈베테랑〉은 아버지의, 아버지에 의한, 아버지를 위한 영화다. 아버지의 인정을 받아내고 싫은 망나니(유아인 분)가 애비 노릇 제대로 하고 싶은 성실한 가장(정웅인 분)을 죽이고 아버지(송영창 분)의 진노가 두려워 어떻게든 수습하려고 발버둥 치다가, 더럽고 치사하게 애비 노릇하기보다는 정의로운 형사 역할을 하기로 결심한 상또라이 아버지(황정민 분)에게 제대로 처맞는 이야기.

〈베테랑〉에서 가장 가슴이 미어지는 장면은 '매값'을 손에 쥐고 화장실에서 울부짖는 화물기사 가장의 모습이다. 그 장면은 볼 때마다 매번 내 누선을 격렬하게 그리고 찌릿하게 자극한다. 밤샘을 밥 먹듯, 코피 터지게 운전대를 잡아도 아이 하나 건사하기 힘든 아버지. 그나마 생계를 이어주던 일자리마저 잃게 된 아버지. 그 아버지는 굴욕을 감내하고 또 감내한다.

하지만 자신이 그토록 보살피려 애쓰던 아이 앞에서 아버지는 도저히 참을 수 없는 참담함을 맛본다. 아이를 위해서라면 그 어떤 굴욕도 참을 수 있지만, 그건 어디까지나 '아이의 부재'라는 조건 위에서만 가능하고 성립한다. 이 시대 많은 아버지들은 애비 노릇을 위해 '자식이 없는 곳'에서라면 그 무엇도 참으며 하루하루를 살아간다.

그 아버지들을 위해 바치고 싶은 맥주가 바로 '듀벨'이다. 악마라는 뜻의 듀벨은 벨기에 맥주다. 거품이 세차게 많이 일어나 무심하게 따르다가는 거품이 잔의 태반을 차지하기

일쑤다. 8.5퍼센트라는 알코올 도수가 무색할 정도로 청량감이 강한 에일이다. 라거라 해도 믿을 정도로 가볍고 연하고 싱그럽고 상쾌하다. 무턱대고 벌컥벌컥 마시다 보면 취해버려 악마라 불린다.

그래서 이 시대 가장들에게 권하고 싶다. 일터에서 받은 스트레스를 쓴 소주로 달래지 말고 '듀벨'로 상큼하게 날리고 만취라는 덤도 얻으시길 바라는 마음으로. 그리고 당신이 먹고살기 위해 만나서 비위를 맞춰야 하는 직장 상사란 악마, 고객이란 악마, 거래처 직원이란 악마. 그 모든 악마를 갈아 마셔버리시라고.

리처드 링클레이터의 〈보이후드〉/테넌츠 위스키 오크 숙성(스트롱 에일/스코틀랜드)

카메라는 2002년에 시작한 방문을 2013년까지 이어간다. 묵묵하게. 어느덧 여섯 살 소년이던 메이슨(엘라 콜트레인 분)은 12년의 시간을 달려 열여덟 살 어른이 된다. 영화 〈보이후드〉은 12년이 넘는 제작 기간이 무색하게도 지극히 평범한 일상으로 가득 차 있다. 그나마 삶의 옹이를 이루는 이혼과 재혼, 진학과 졸업 같은 이벤트를 철저히 피하고, 그저 무심하게 툭툭 인생의 한 허리를 베어내어 관객에게 던져준다. 자칫 홈비디오로 전락할 수도 있는 이 서사가 이토록 감동적인 이유는, 감독의 제작 방식과 영화의 내용이 이루는 합일에 방점이 찍혀 있다.

감독과 배우들은 해마다 사나흘씩 모여 촬영을 했다. 시나리오는 미리 정해지지 않았다. 새로운 촬영을 시작하기 전, 지난 촬영 분량을 가편집해 보고, 배우들의 신상에 새롭게 벌어진 일들까지 꼼꼼히 반영해 내러티브의 길을 잡았다. 감독조차 목적지만 알 뿐 어느 항로로 갈지 전혀 정하지 않은 채 배를 출발시킨 셈이다.

이런 제작 방식을 두고 무책임을 비난하기보다는 그의 원대하고 담대한 기획에 경의를 표하고 싶다. 왜냐하면 배우나 제작자 혹은 스태프의 온전한 신뢰를 얻지 못한다면, 감히 시도조차 할 수 없는 기획이기 때문이다.

누군가 가식적으로 화를 참는 사람이 있다고 가정해보자. 그것도 10년이란 시간 동안. 그럼 그게 설사 가식이라도 그 사람은 화를 안 내는 온화한 인물이란 평판을 들어 마땅하다. 인내를 대속의 대가로 지불하고 받은 평판인 셈. 10년이면 가식이 아니라 그게 그 사람의 본질이자 정수다.

12년간 배우와 스태프에게 신뢰를 주었다면 설사 백보 양보해 가식이라 해도 그게 바로 리처드 링클레이터란 연출자의 본질이다. 그는 진정 완성된 인격의 감독이다. 물론 감독의 인격이 작품의 완성도를 담보하지는 못한다. 그러나 이영화가 전달하는 메시지와 감독의 인품이 빚어내는 화학작용은 눈부시게 아름답다. 이 놀라운 연금술은 관객에게 기쁨보다는 안도를, 쾌감보다는 구원을 선물한다.

리처드 링클레이터는 〈보이후드〉를 통해 '우리네 삶은 불가해하다는 진실'과 '인생은 결국 반복되는 변주'의 다름 아니라는 걸 켜켜이 숙성해 보여준다. 메이슨의 엄마는 늘 같은 이유로 남자와 헤어지고, 어느 순간 같은 성향을 지닌 남자와 다시 만나고 있다. 그리고 바로 그 같은 이유로 괴로워한다. 하지만 어쩌랴? 그게 삶인 것을.

리처드 링클레이터는 시간을 실험하는 장인匠人이다. 전작인 〈비포 선라이즈〉와 〈비포 선셋〉 사이의 간극을 마치 능숙한 기술자처럼 저글링하며 갖고 논다. 마치 자오선을 넘나드는 마법사 같다. 〈비포 선라이즈〉만으로도 충분히 완벽한 작품이지만, 〈비포 선셋〉으로 짝을 이루는 두 작품은 하나로 합일되어 완성체로서 의미를 지닌다.

〈비포 선라이즈〉에서 제시(에단 호크 분)와 셀린(줄리 델피 분)의 로맨틱한 사랑은 '해가 뜨기 전까지만 함께'라는 대전제가 존재하기 때문에 가능하다. 사랑에의 황홀한 몰입은 온갖 세속적인 군더더기가 거세된 바로 그 순간, 비로소 가능해진다. 이 남자와 결혼하면 몇 평짜리 아파트에 살게 될까? 이 여자는 맞벌이가 가능한 배우자일까? 이 남자의 연봉은 해외여행을 몇 번이나 가능케 할까? '해가 뜨기 전'까지 사랑만 해야 하는 남녀에게 이런 질문은 의미도 없고 필요도 없다.

9년이 지나 다시 만난 제시와 셀린. 가혹한 리처드 링클레이터는 이토록 아름다운 판타지를 현실에 발 딛게 만들어버렸다. "그날 당신이 내 모든 걸 가져가버린 것 같아"라는 말은 한편으로 진심이며 진실이지만, 다른 한편 거짓이고 가식이다. 하지만 9년이란 시간의 숙성이 틈입해 둘의 사랑을 완성시켜준다. 판타지 같은 순간은 기억 속에 감추고, 오직 '몸'만이 9년을 보낸 후 비로소 '해가 뜨기 전'과 '해가 지기 전'의 그야말로 세월(해와 달)을 숙성하고 발효시켜 우리 앞에 자신의 실체를 우뚝 드러낸다. 리처드 링클레이터는 이 위대한 작업을 해낸 것이다.

밀란 쿤데라의 소설 《참을 수 없는 존재의 가벼움》은 이렇게 시작한다. "영원한 회귀란 신비로운 사상이고, 니체는 이것으로 많은 철학자를 곤경에 빠뜨렸다." 나는 이렇게 말하고 싶다. "영원한 회귀란 신비로운 사상이고, 리처드 링클레이터는 이것으로 많은 연인들을 곤경에 빠뜨렸다."

'와인이나 위스키에 비하면 맥주는 숙성이라는 과정이 중요하지 않다'고 헛소리들을 지껄인다. 시간의 부드러운 손길로부터 자유로운 술은 없다. 특히나 '테넌츠'만큼은 스코틀랜드산 최상급 몰트를 3주 동안 숙성하고 비워진 오크통에 넣고 발효시킨다. 위스키 특유의 훈연과 바닐라 향이 이 독특한 맥주를 야릇하게 감싸고 돈다. 효모와 위스키 잔향과 오크나무 그리고 시간이 빚어낸 환상의 조합은 삶을 음미하게 만들어준다.

테넌츠를 즐기는 가장 효율적인 온도는 '미지근'이다. 너무 차갑게 마시는 것보다는 살짝 뭉근하게 마셔줘야 온갖 향을 놓치지 않고 제대로 음미할 수 있다. '지독하고 치열하게'보다는 '은근하고 뭉근하게' 맛볼 것. 마치 리처드 링클레이터의 〈보이후드〉처럼.

이제 세 번째 영화와 맥주까지 나왔다. 네 번째부터는 다음 챕터에서.

맥주가 애인보다 좋은 4가지 이유 더

*
*
*

우리들·시카리오·살인의 추억·나의 산티아고

윤가은의 〈우리들〉/크롬바커(독일 필스너/독일)

당신에겐 울고 싶은 어린 시절이 있었는가. 울어라. 영화 〈우리들〉을 보며 많은 관객들이 소녀 선(최수인 분)에게 감정이입할 때, 오히려 나는 선의 애비(손석배 분)에게 내 눈물을 모조리 바쳤다. 톨스토이의 소설 《안나 카레니나》의 첫 문장을 잠시 차용해보겠다. '행복한 가정의 대물림은 좋은 점만 쏙쏙 이어지고, 불행한 가정의 대물림은 어찌 하늘도 무심하신지 불행한 요소만 철저히 전해진다.' 선에게는 아무 잘못도 없다. 더욱 마음이 아리는 건 소녀 선만큼이나 선의 애비에게도 아무 잘못이 없다는 점이다. 그래서 선의 아픔이 더욱 슬프고 아리다.

선은 아이들 사이에서 왕따다. 피구 시합을 해도 늘 마지막으로 뽑힌다. 선이 왕따를 당하는 이유는 반에서 힘 좀 쓰는 보라(이서연 분) 그룹의 눈 밖에 나 있기 때문이다. 그런데 이상한 점은 선이 보라에게 특별히 잘못한 게 없다는 것이다. 물론 선은 특별히 공부를 잘하지도, 특별히 부유하지도, 특별히 예쁘지도 않다. 선의 지극한 평범함이 이유라면 이유다.

아이들은 인정 욕구와 무리 짓기의 격렬한 파도 사이에서 익사하지 않기 위해 안간힘을 다한다. 내가 물에 빠지지 않으려고 누군가를 밟고 일어서는 간단한 방법이 주로 악용된다. 선은 잔인한 지옥도 속에서 최선을 다해 익사하지 않으려 발버둥을 친다. 물론 누군가를 밟지 않으려 노력하지만 필사적인 소녀의 발버둥에는 자비가 없다. 선이 그렇게 상처를 받고 다시 상처를 주며 아이들의 세계에서 부유할 때, 선의 엄마와 아빠는 일상의 피로에 익사해 있다.

소녀 선이 아이들 사이에서 섬처럼 존재하는 가장 큰 이유는 '핸드폰의 부재' 때문이다. 핸드폰을 안 사주는 선의 엄마(장혜진 분)를 비난하면 관객으로서 내 마음이 한결 편해지겠지만, 그럴 수가 없는 게 이 영화의 함정이다. 선의 엄마는 김밥을 말아 판다. 하루에도 수십 줄의 김밥을 말기 위해 수십개의 달걀을 깨야 하고, 수십 줄의 단무지를 썰어야 한다. 그녀의 노동은 가혹하다.

소금에 절인 배추처럼 피곤에 뒤덮여 살지만, 선에게 핸드폰 하나 사줄 여유도 없다. 열심히 모은 돈으로 요양병원에 몸져누워 있는 시아버지의 병원비를 충당해야 하기 때문이다. 심지어 시아버지는 선의 아버지와 심각한 갈등 상황에 있다. 영화에 명시적으로 표현은 안 되어 있지만, 선의 아버지는 어린 시절 심각하게 학대를 받은 듯 보인다. 그래서 선의 아버지는 병원에 누워 있는 자신의 아버지를 '심정적으로 거부하며 물리적으로는 봉양'하는 기구한 처지에 놓여 있다. 그래서 선이 불쌍하고, 다시 선의 아비가 가엾다.

선의 얼굴과 선이 아빠의 얼굴. 그 가여운 얼굴들은 급기야 나를 초등학교 교정으로 데려간다. 초등학교 5학년 시절, 더러 잘사는 녀석들은 코끼리표 조지루시 보온 도시락통을 들고 다녔고, 중산층인 나는 시장에서 파는 상표 없는 보온 도시락통을 들고 다녔다. 중요한 건 겨울에도 어찌 됐든 '우리들'은 코끼리나 황소의 도움으로 따뜻한 쌀밥을 입에 넣었다.

그런데 인무는 일 년 내내 노란색 양은 도시락통을 손수건에 싸매고 다녔다. 그 노란 도시락통은 유독 컸고 유독 네모난 모양으로 각이 져 있었다. 돌이켜보건대, 노트북 컴퓨터만큼이나 컸다. 놀라운 건 거기서 반찬이 차지하는 비중인데, 대략 일할이 겨우 넘는 정도였다. 더욱 놀라운 건 그 안에 담긴 반찬인데, 노란 양은 도시락통보다 더욱 샛노란 단무지가 반달 모양으로 여남은 개 놓여 있었다. 무려 30년이 훨씬 지난 지금도 도시락에서 밥과 반찬이 차지하는 비율과 색감과 질감이 생생하다. 그도 그럴 것이 인무의 도시락은 마치 싸구려 우동집 플라스틱 모형 모델처럼 일 년 내내 변하지 않았다.

심지어 아이들 마음에 무지개가 뜨는 소풍날조차도 녀석의 도시락은 무심했고 단무지 역시 무심했다. 소풍날에도 여느 날처럼 도시락을 비우고 있는 녀석에게 나는 슬며시 계란과자와 밀크캐러멜을 건넸다. 어린 마음에도 인무에게는 우유나 계란이 필요하다고 느낀 게 아닐까 싶다.

인무를 생각하면 중국의 사상가 루쉰이 사랑하던 케테 콜비츠의 판화가 떠오른다. 가난한 노동자의 참상이나 착취당하는 민중을 표현한 작품을 많이 남긴 그녀. 케테 콜비츠가 떠오른 건, 녀석이 쉬는 시간마다 그리던 그림 때문이 아닐까. 녀석은 도화지 한 장에 4B연필로 계속 가필하는 방식으로 그림을 그렸다. 주로 전투기를 그렸는데, 마치 '1942' 따위의 제2차 세계대전을 배경으로 한 전자오락의 화면을 그대로 옮긴 모양새였다.

아무튼 인무는 마른 풀처럼 창백한 웃음을 보이며 가느다란 손가락으로 가필에 가필을 더한 스케치를 학년이 마치는 날 내게 주었다. 수많은 전투기 가운데 가장 튼실하고 우람해 보이는 전투기 안을 들여다보라고 했다. "응. 그게 너야."

그때도 무상급식이 시행되었더라면, 부러질 듯 가느다란 종아리와 팔목을 가진 인무가 매일같이 흰밥에 단무지만 우

걱우걱 씹어대지는 않았으리라. 우리 모두는 결국 자본주의
가 예리하게 벼려낸 칼날을 이용하기도 하고, 때로 그 칼날
에 베여 피를 뚝뚝 흘리기도 한다. 하지만 성년의 인장을 부
여받고 난 후에 베이고 피 흘려도 충분하다. 굳이 인무나 선
이 그런 고통을 받을 필요는 없다.

핸드폰의 부재와 보온 도시락통의 부재. 영화 〈우리들〉을
보다 문득 인무가 보고 싶어졌다. 그래, 생각해보니 인무도
왕따였다. 아무도 인무에게 말을 걸지도 장난을 치지도 않았
다. 그래서 인무는 쉬는 시간이면 전투기 날개에 연필로 선
을 긋고 또 그었다. 역시나 중요한 건 인무에게 아무 잘못이
없었다는 점이다.

문득 괜한 미안함에 휩싸여 인무에게 먹이고 싶은 맥주가
떠오른다. '크롬바커'라는 독일 맥주인데 허브와 꽃향기가 나
서 좋다. 특히나 크롬바커는 독일식 족발 슈바이네학센과의
궁합이 환상적이다. 인무가 양손에 기름을 잔뜩 묻혀 가며
독일식 족발을 뜯어 먹고, 크롬바커 한 잔을 꿀꺽 들이키는
모습. 상상만으로도 마음이 따뜻해진다.

드니 빌뇌브의 〈시카리오〉/스미딕스(아이리시 레드 에일/아일랜드)
시원한 라거를 마시면 진한 에일이 당기고, 독한 에일이
버거우면 상큼한 라거를 들이붓고 싶다. 머리가 띵하도록 시

원한 라거의 탄산을 가득 들이키고 골뱅이무침 한 입 먹고 싶다. 미지근하고 탄산도 없지만 진한 향기가 샘솟는 에일도 마시고 싶다. 단.짠.단.짠. 어느 장단에 춤을 춰야 하나? 영 맞추기 어려운 상황. 이 순간 '스미딕스'는 신의 한수가 된다.

예술영화를 보면 머리가 아프고, 통쾌한 장르영화에 취하고 싶어진다. 장르영화가 물리면, 삶을 돌아보게 만드는 예술영화가 그립다. 역시 장단 맞추기 어려운 상황. 지금 이 순간, 마법처럼 다가오는 영화가 바로 〈시카리오〉다. 장르의 쾌감과 작품성이란 깊이를 두루 갖춘 천의무봉 〈시카리오〉와 스미딕스는 그래서 환상의 궁합이다.

봉준호의 〈살인의 추억〉/풀러스 런던 프라이드(프리미엄 비터 페일 에일/영국)

봉준호 감독은 〈살인의 추억〉에 관한 인터뷰에서 "누가 나에게 1980년대를 어떻게 기억하냐고 묻는다면 '등화관제'의 시대라고 답할 겁니다"라고 말했다. 등화관제. 어둠을 애써 만드는 시대란 뜻일 게다. 광주의 비극. 턱 하고 치니 억 하고 죽었다는 박종철 고문 치사 사건. 재계 순위에서 손가락 안에 들던 대기업인 국제그룹의 돌연한 해체. 부천서 성고문 사건.

이성이 마비된 시대는 역사의 뒤안길로 사라졌다고 믿었

다. 군부독재의 터널을 완전히 지나왔다고 믿었다. 아니, 믿고 싶었다. 하지만 자칫 방심하는 사이 그보다 더한 독재가 지난 9년간 우리를 짓눌렀다. 어둠은 언제든 들이닥친다. 촛불이든 형광등이든 어둠이 오지 못하게 막아야 할 책무는 우리 모두에게 있다. 지난겨울, 많은 사람들이 벌벌 떨며 광기와 맞섰고, 그 달콤한 열매를 얻어냈다.

흔히 맥주는 더운 여름에 땀을 들이려고 마시지만, 한 겨울 추위에 미지근하게 마시면 기가 막힌 맥주도 있다. 런던 풀러스 양조장의 자랑인 '런던 프라이드'가 그 주인공. 과일향과 어우러진 캐러멜 맛이 향긋하게 목을 타고 넘어가면 추위에 벌벌 떠느라 얼어버린 오장육부가 스르르 녹는다. 머지않아 '박근혜-최순실 게이트'와 '촛불혁명'을 다루는 영화가 나올 것이다. 누군지 모를 감독에게 미리 묻고 싶다. 당신에게 2016년은 어떤 시대로 기억되느냐고.

줄리아 폰 하인츠의 〈나의 산티아고〉/사무엘 아담스(비엔나 라거/미국)

나는 매주 일요일 아침 11시면 프로듀서에서 진행자로 변신한다. 바로 〈씨네타운 S〉. 대한민국 넘버원 채널 SBS 파워 FM의 디제이가 된 지 벌써 5년이나 됐다. 비록 주말 프로그램이지만, 나는 우리나라에서 가장 청취율이 높은 채널의 진행자다. 방송 시간대가 일요일 11시인지라, 내 지인 가운데 주로 '자매님과 형제님'들이 잘 들었다고 문자를 보내곤 한다. 성스러운 주님의 은총을 받으러 가는 길에 듣기엔 많이 상스럽지만, 그래도 꾸역꾸역 참고 많이들 들어준다.

하루는 우리 세 명의 피디들이 서로를 디스하며 한참 떠들고 있자, 〈씨네타운 S〉 사연 게시판에 애청자 한 분이 촌철살인 메시지를 남겨주셨다. '세로토닌이 적다고 예민해져 누군가의 마음에 생채기 좀 내지 마세요'라고. 장석주 시인의 글귀를 차용해 철없는 아재 세 명에게 제대로 한 방 먹이셨다.

인간이란 존재가 꽤나 복잡한 것 같지만 결국 호르몬의 지배를 받는 고깃덩어리에 지나지 않는다. 그래서 호르몬 관리가 의외로 인생의 많은 부분을 좌지우지한다. 세로토닌은 현대인에게 불요불급한 필수품이다. 세로토닌을 뽑어내는 가장 간단하면서 저렴한 방법은 걷기다. 기억을 더듬어보시라. 뭔가 고민이 있어서 골똘히 생각할 때, 우리는 자신도 모르게 방 안을 빙빙 맴돈다. 세로토닌을 생성해 합리적인 추론을 도출하기 위해서다. 산책이야말로 창작의 시작이라고 말하는 소설가나 음악가들은 부지기수다.

나는 뭐가 그리도 고민이 많은지 걷는 걸 참 좋아한다. 반면 영화 〈나의 산티아고〉의 주인공 하페 케르켈링(데비드 스트리에소브 분)은 걷기를 무척이나 싫어하는 인기 코미디언이다. 최고의 인기와 부와 명예까지 한 몸에 누리던 초특급 스타 하페는 어느 날 과로로 쓰러지고, 큰 수술을 받게 된다. 담낭이 터지고 심근경색이 왔기에 의사는 절대 안정을 권한다. 수술 후에 이어지는 긴 휴식은 쉼 없이 달리기만 하던 하페에게 우울감과 좌절감을 안긴다. 하페는 이 무력감을 극복하고자 돌발적으로 산티아고 순례길에 오르지만 첫날부터 폭우가 몰아친다. 거기에 쥐가 들끓는 허름한 숙소는 이 우주 대스타를 잠 못 들게 만든다.

하페는 우리나라로 치자면 강호동과 비슷한 거구의 코미디언이다. 둔중한 몸을 이끌고 하루 종일 걷는다는 게 녹록지 않다. 중간중간 히치하이킹을 하거나 택시를 이용하고 심지어 고급 호텔에서 숙박도 한다. 한마디로 얌생이 순례꾼인 셈. 하지만 그가 지나가는 배경들은 온전히 아름답다. 지평선 너머 펼쳐진 포도밭, 거칠지만 포근한 흙길, 함초롬 나무 향을 품은 숲, 구름과 하늘. 영화를 보노라면 마치 순례길을 걷고 있다는 착각이 든다. 90분이라는 길지 않은 러닝타임 동안 영화는 나를 고문했다. 당장이라도 휴가를 내고 떠나고 싶은 욕망에 휩싸이게 만든 작품이다.

이 영화는 원작이 있다. 하페 케르켈링의 《산티아고 길에서 나를 만나다》라는 에세이인데, 독일에서 2006년 출간된 후 무려 500만 부나 팔렸다. 덕분에 독일에도 산티아고 열풍이 일었다. 물론 산티아고 열풍은 대한민국이 최고다. 산티아고 관련 에세이도 발에 차인다. 《남자 찾아 산티아고》, 《산티아고 순례길 가이드북》, 《산티아고, 영혼을 부르는 시간》, 《지금 여기, 산티아고》, 《산티아고 길의 마을과 성당》, 《나의 산티아고, 혼자이면서 함께 걷는 길》, 《길의 기쁨, 산티아고》, 《어찌 됐든 산티아고만 가자》, 《엄마는 산티아고》⋯. 미처 다 옮겨 적기도 힘들다. 산티아고에 가면 그렇게 여기저기서 우리말로 이야기꽃이 피어난다고 다녀온 이들이 입을 모아 증언한다.

언젠가 '산티아고 순례길, 한국 사람은 왜 빨리 걷는가?'란 기사를 본 적이 있다. 다른 나라 사람들은 6~7주씩 휴가를 내고 와서 여유롭게 걷는데, 유독 우리나라 사람들만 달랑 4주 휴가 내고 와서 마치 임무를 수행하는 특전사처럼 필사적으로 걷는다는 내용의 기사였다. 읽다가 자꾸 뜨끔거려서 혼이 났던 기억이다. 조목조목 다 내 얘기 같았기 때문이다. 내가 만약 산티아고로 떠난다면 꼭 저럴 것 같았다.

'순례길 전체가 507킬로미터인데 나한테 주어진 시간은 28일이니까 하루에 18.107킬로미터 이상은 꼭 주파해야 해.' 알베르게에 주저앉아 물집 잡힌 발가락과 삐걱대는 슬개골을 부여잡고 이렇게 중얼거리고 있는 김훈종이 상상되었다. 훈종아! 훈종아! 씨발 훈종아! 영화 〈파이란〉에서 용식(손병호 분)의 명대사 "강재야! 강재야! 씨발 강재야!" 톤으로 읽어주시면 정확히 필자의 뜻이 전달될 것 같으니, 부디 다시 한 번 소리 내어 읽어주시길 독자 여러분께 간곡히 부탁드린다. 에브리바디 세이! "훈종아! 훈종아! 씨발 훈종아!"

이 길을 왜 걷는지 생각 좀 하고 걷자. 제발. 산티아고 데 콤포스텔라에 도착하는 게 목적이 아니야. 거기 간다고 삶이 달라지겠니? 중요한 건 이 길을 오롯이 자신에게 집중해 걷는 과정이란다. 성 야고보야말로 대단한 깨달음으로 이 길을 걸은 게 아니라, '걷다 보니 깨달음이 온 것이 아닐까?'란 조심스런 추측을 던져본다.

산티아고 순례길을 하루 종일 걷다 해가 지면, 나는 나에게 이 맥주를 선물하고 싶다. '사무엘 아담스' 한 잔. 내 마음의 욕심과 번뇌에서 제발 독립하고 싶다. 애국자 사무엘 아담스가 그랬던 것처럼.

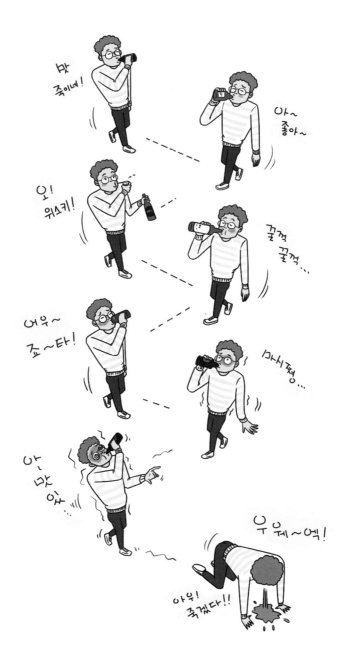

만약에,
만약에 말이야

*
*
*

행복·라라랜드

아일랜드에는 '파트너십 비자'라는 게 있다. 외국인에게 아일랜드인과 정식으로 결혼을 해야만 비자를 주는 게 아니라, 사실혼 관계에서도 비자를 준다는 취지의 이민제도다. 요건은 2년 동안 사귀고 함께 살았다는 증거. '내가 이 사람을 사랑해요!'라는 증거를 제출하면 관계 당국에서 심사를 통해 비자를 발부할지 결정한다. 사랑의 밀어를 주고받은 문자, 생일이나 크리스마스에 정성스레 쓴 카드, 다정하게 함께 찍은 사진, 주변 지인의 증언 등등 다양한 자료가 판단에 소용된다.

놀랍게도 아일랜드는 1995년이 되어서야 이혼을 허용할 만큼 보수적인 가톨릭 국가다. 이혼에 대한 국민 정서가 이토록 완고하니, 당연히 결혼에 대한 결정도 신중할 수밖에 없다. 그런 상황에서 사실상 혼인의 관계에 있는 외국인 배우자들을 배려해 '파트너십 비자'를 고안해낸 아일랜드 정부의 정책은 감동적이다.

그런데 한 걸음 더 생각해보니, 기분이 찜찜하다. '비자를 심사하는 공무원들! 걔네가 뭐길래, 감히 누군가와 누군가의 신성한 사랑을 평가하고 있지?' '인간의 사랑을 계량해 행정적인 문제로 전환시키는 일이 과연 합당한가?' 한 남자와 한 여자 아니, 정확히 말하자면 한 인간과 한 인간 사이의 사랑이란 숭고한 감정의 교류를, 고작 사진 서너 장이나 크리스마스카드 몇 줄로 평가한다는 게 윤리적으로 옳은 일이며 과연 실질적으로 가능한 일인지 의문이 들었다.

내가 하는 사랑도 모르겠는데 남이 하는 사랑을 평가해 거주 이전의 자유를 부여하거나 박탈하는 것이 가능한가? 사랑이란 대체 뭘까? 지금부터 이 해결 불가의 난제를 감독 허진호와 데이미언 셔젤에게 차례로 날려보겠다.

〈행복〉의 주인공 영수(황정민 분)는 한마디로 쓰레기다. 매일같이 클럽에서 분탕질하는 게 낙樂이자 업業이다. 난봉이 나요 내가 난봉인 '봉아일체'의 상황. 그러던 어느 날 갑자기 이 '인간 말종'에게 날벼락이 친다. 운영하던 클럽은 쫄딱 망하고, 애인한테는 버림받고, 결정적으로 영수의 간은 처절하게 망가진다. 영수는 처지를 비관하며 허탈하게 중얼거린다. "돈도 없고, 머물 데도 없고, 술도 못 끊겠다. 쪽팔린다." 간경화 진단을 받은 영수는 쫓기듯 시골의 조용한 요양원을 찾아 하릴없이 치료를 받기 시작한다. '희망의 집'이라는 간판을 달고 있는 요양원에서 영수는 '없는 희망'을 마른 오징어 쥐어짜듯 억지스레 짜내고 있는 인간 군상들과 마주치게 된다.

그 가운데 유독 눈에 띄는 한 여인이 있으니 가녀린 은희 (임수정 분)다. "폐가 40퍼센트밖에 남지 않았어요. 그래도 괜찮아요." 은희는 중증 폐질환 환자이자 희망의 집의 스태프다. 숨이 차면 언제 죽어도 놀랍지 않은 중병에 걸린 절망 속에서도, 그녀는 충분히 낙천적이며 쾌활하다. 무엇보다 그녀는 맑은 영혼의 소유자다.

어둠 속에 울먹이던 짐승 영수에게 은희는 한 줄기 빛이다. 영수는 그녀에게 마음으로 의지하고 손을 잡고 그러다 입을 맞추고 급기야 몸을 섞는다. 간이 망가진 영수와 폐가 망가진 은희. 간도 쓸개도 없는 남녀가 허파에 바람이 든 형국이랄까. 비록 몸은 망가졌지만 사랑에는 용감한 은희는 적극적으로 영수를 품는다. 그리고 마침내 둘은 요양원을 나가 아예 살림을 차린다.

은희의 조건 없는 무한지애는 탕아의 간을 회복시키는 기적을 선사한다. 하지만 영수의 딱딱하던 간이 부드러워질수록 영수의 얼어 있던 욕정은 다시 녹아 꿈틀댄다. 은희의 '시골과 순수와 숭고'는 영수의 '도시와 분탕질과 자기파괴'를 억누르고 있었지만, 시간이 흐를수록 점점 밀리기 시작한다.

그러던 어느 날 영수가 하루 일과를 마치고 슈퍼 앞 평상에 앉자 주인아저씨가 고생했다면서 맥주를 권한다. "저요, 진짜 어렵게 끊었습니다." 영수가 단호히 거절하자 주인아저씨는 이렇게 대꾸한다. "몸에는 좋은데, 재미가 없지." 그리고 이내 영수는 그토록 어렵게 끊은 술을 아무렇지도 않게 다시 입에 댄다. 몸에는 좋은 은희의 '순수와 숭고'는 그토록 재미난 영수의 '분탕질과 자기파괴'에게 오롯이 자리를 내준다.

다시금 도시의 탐닉에 빠진 영수는 은희에게 간청한다. 제발 먼저 '헤어지자!'는 말을 자신에게 해달라고. 은희는 "개새끼야! 네가 그러고도 사람이니? 내가 너한테 어떻게 했는데…"라며 흐느낀다. 하지만 은희는 탕아의 이별을 선선히 받아들인다. 영수가 알량하게 넘지 않으려 애쓰는 '염치의 마지노선'까지도 지켜준다. "나 다시 행복하고 싶어. 그러니 우리 이제 그만 헤어져." 은희의 배려에서 나온 거짓말이 혀에서 떨어지기 무섭게 시골집을 떠나 도시로 돌아온 영수. 이 쓰레기는 다시 알코올 중독에 빠진다.

장면은 훌쩍 건너뛰어 적십자의료원에 입원한 영수를 비춘다. 덥수룩한 수염. 각질이 가득해 쩍쩍 갈라진 발뒤꿈치. 밥주발에 소주를 붓고 벌컥벌컥 마시는 모습까지. 다시 클럽 운영을 맡아, 다시 분탕질을 해대고, 다시 화려한 애인에게 버림받고, 다시 쫓겨나 오갈 데 없는 생활을 전전하다 급기야 노숙자 신세로 전락한 영수를 이 짧은 시퀀스가 보여준

다. 시지프스의 고행과 프로메테우스의 고난이 완벽하게 이
단 합체해 영수를 얽어맨다. 간도 쪼이고 다시 쪼여 영수는
각혈까지 하는 지경에 이른다. 병원 창문 밖으로 은희의 순
정처럼 희디흰 눈이 내린다. 더러운 피와 숭고한 눈의 날카
로운 대비. 영수는 거울에 비친 자기 얼굴에 '캭, 퉤' 침을 뱉
는다.

　허진호를 사랑한 많은 관객과 비평가들은 〈행복〉을 유독
낮게 평가한다. 〈봄날은 간다〉나 〈8월의 크리스마스〉에서 보
여준 성취를 찾아볼 수 없는 신파멜로에 지나지 않는다는 게
그 이유. '허진호 세계'의 가장 주요한 키워드는 '일상성'이
다. 〈봄날은 간다〉와 〈8월의 크리스마스〉가 보여주는 일상성
은 숨이 멎을 듯 황홀하다. 〈행복〉은 두 작품에 비해 일상성
이 부족하지만, 오히려 내겐 핍진성이 더 강렬하게 느껴지는
작품이다. 언뜻 과장된 듯, 언뜻 일상을 벗어난 듯 보이는 캐
릭터와 이야기가 도리어 마음을 파고드는 아이러니한 상황.
"사랑이 어떻게 변하니?"보다는 "개새끼야! 네가 인간이야?"
가 사랑의 본질과 더 부합한다. 사랑은 생각보다 더럽고 몰
염치하며, 예상보다 변덕스럽고, 기대한 것보다 수명도 짧다.

　〈행복〉에서의 남녀관계는 〈라라랜드〉에서 정확히 전도된
다. 미아(엠마 스톤 분)의 '성공과 꿈'은 세바스찬(라이언 고슬링
분)의 '관계와 사랑'을 압살한다. 엠마 스톤이 보여준 사랑스

런 얼굴과 몸짓. 데이미언 셔젤의 몽환적 영상미와 매혹적으로 꿈틀대는 음악. 이것만으로도 충분히 압도적이지만 영화는 마지막 에필로그에 확실한 방점을 쾅! 찍는다. 미아는 상상한다. '탈락했던 그 오디션에 단박에 합격했다면 우리 사랑은 어땠을까?' '실패했던 연극이 성공했다면 우리 관계는 어땠을까?' '세바스찬이 파리의 촬영장으로 따라와주었다면 우리는 어땠을까?'

미아의 수많은 '어땠을까?'는 결국 니체의 '영겁회귀'를 소환한다. 니체는 영원불멸이야말로 인간이 자유의지를 갖고 제대로 살아가지 못하게 만드는 주범이라고 진단한다. 영원불멸의 세계관이 '지금 힘들지? 하지만 잠시만 참으면 너에게 복된 미래가 있어'라는 악마의 속삭임을 들려줄 때, 반대로 영겁회귀의 세계관은 '지금 불행한 걸 참으면 영원히 네 불행은 무섭게 다시 돌아온단다'라며 '현재를 살 수 있게' 만드는 용기를 준다. 미아는 영원불멸의 문을 선택해 들어가놓고 비겁하게도 영겁회귀를 꿈꾼다. 물론 세바스찬은 미아에게 "네가 그러고도 인간이니?"란 힐난을 던지지 않는다. 세바스찬은 이미 스스로 영겁회귀의 문을 열고 들어온 지 오래니까.

다시, 〈행복〉의 은희에게 돌아가보자. 나는 줄곧 "다시 행복해지고 싶어. 우리 그만 헤어지자"라는 은희의 위악이 미련한 짓이라고 생각해왔다. 영수의 마음을 편하게 해주려는 마지막 배려. 하지만 〈라라랜드〉를 보면서 세바스찬의 연주를 듣고는 생각이 바뀌었다. 아! 은희 역시 영겁회귀의 문을 열고 들어가려 애쓰고 있는 것이구나! 〈라라랜드〉를 본 후 눈물을 뚝뚝 흘리며 나오는 관객들조차, 미아와 세바스찬 모두 나름대로 행복해졌다고 생각한다. 새드엔딩인데 이상하게 기분이 상쾌하다는 평이 많다.

반면 〈행복〉을 보고 극장을 나서는 관객들은 영수와 은희는 결국, 모두 불행해졌다고 생각한다. 이 두 가지 상반된 반응에 니체는 고개를 절레절레 젓곤 나지막이 이렇게 중얼거릴 것이다. "〈라라랜드〉에서는 오직 세바스찬만 행복해. 〈행복〉에서의 은희는 결단코, 불행하지 않아. 그녀는 행.복.해."

에필로그. 상트페테르부르크 에르미타주 박물관에 가면 렘브란트의 〈돌아온 탕자〉를 영접할 수 있다. 성서를 모티브로 삼은 작품으로, 렘브란트의 마지막 역사화다. 워낙 인기가 많아 관람객으로 에워싸여 있기 때문에, 까치발을 들어야 작품이 겨우 눈에 들어온다. 멀리서도 탕자를 위로하는 아버지의 인자한 얼굴과 탕자를 노려보는 형의 화난 얼굴만큼은 또렷하게 보인다. 아버지의 품에 얼굴을 파묻은 탕자는 무릎 꿇은 뒷모습에서조차 깊은 회한을 보여준다. 그리고 탕자의 시커먼 발바닥은 내 눈길을 사로잡은 채 뒤통수를 강렬하게 후려친다.

나는 〈돌아온 탕자〉에서 문득, 영수의 쩍쩍 갈라진 발바닥을 보았다. 눈을 감는다. 〈라라랜드〉 미아의 상상 시퀀스에 흐르던 주제곡이 귓가를 간질인다. 나는 상상한다. 적십자의 료원에 찾아온 은희의 모습이 보이기 시작한다. 다시 시골집으로 내려간 은희는 지난번보다 더욱 지극정성으로 영수를 간호한다. 그럼에도 불구하고 이제 영수의 간은 돌이킬 수 없다. 격렬하게 피를 토하며 죽음을 고하는 영수의 마지막 숨. 은희는 영수의 무덤 앞에서 정성스레 국화를 내려놓는다. 한참을 울던 은희. 통통 부은 눈이 싱긋 미소 짓는다. 지금 은희는 행.복.하.다.

뭔가를 확실히
빼는 용기

*
**
*

레버넌트·덩케르크·허트 로커

'맛집 전문가'가 아닌, '맛집 블로거 전문가'인 승훈이가 언젠가 추천한 무삼無三면옥이란 냉면집이 있다. 이 집에서 없다는 것 세 가지는 'MSG, 설탕, 색소'다. 꼭 한번 가보고 싶은 집이다. 워낙 슴슴한 스타일의 냉면에 환장하는 터라 말만 해도 침이 넘어간다. '무MSG, 무설탕, 무색소'가 뭐 대단한 거냐고 반문하실 분들에게 일반 냉면에 얼마나 많은 설탕과 인공조미료가 들어가는지 보여주고 싶다. 화들짝 놀라실 거다.

여기 들어가야 할 양념의 부재로 인해 더욱 고귀해진 영화세 편을 소개하오니 맛나게 음미하시길.

하나. 〈레버넌트: 죽음에서 돌아온 자〉가 보여준 조명의 부재. 〈레버넌트〉의 영광은 레오나르도 디카프리오에게 돌아갔다. 그에게 드리워진 〈오스카〉의 저주를 풀어준 '살풀이 신원伸寃 영화'가 되었다. 그렇다면 〈레버넌트〉의 성취는 누구의 공일까? 알레한드로 곤잘레스 이냐리투 감독에겐 무척 미안하지만, 아무래도 엠마누엘 루베즈키 촬영감독에게 공을 돌리는 게 공정한 듯싶다. 〈시카리오〉의 로저 디킨스도, 〈매드맥스: 분노의 도로〉의 존 실도 88회 아카데미 수상식에서 무릎을 꿇었다. 그저 쿨하게 응시하는 앵글 하나로 간담을 서늘케 한 로저 디킨스도 억울할 테고, 불같은 열정으로 응축된 에너지를 폭발시킨 존 실도 불쌍하다. 〈레버넌트〉만 없었더라면 아카데미 촬영상은 응당 그들의 몫이었을 터이기에.

흡사 자연 다큐멘터리를 연상케 하는 〈레버넌트〉에는 몇 가지 촬영 원칙이 확고하게 세워져 있었다. 첫째, 서사 순서와 실제 촬영의 타임 테이블을 철저히 일치시킬 것. 둘째, 대자연의 웅장함을 생생히 표현해내는 와이드 앵글을 적극 활용할 것. 셋째, 인물의 감정이 최대한 날것 그대로 보일 수 있는 매끄러운 롱샷에 도전할 것. 넷째, 오직 자연광만 이용할 것.

특히 마지막 조건 '인공조명의 부재'야말로 영화의 성격을 제대로 반영한 놀라운 지점이다. 자연 속에 내동댕이쳐진 인간. 이 주제의식을 끝까지 밀어붙일 수 있었던 가장 큰 공헌자는 역시나 자연광이다. 이 자연광에는 햇빛뿐 아니라 모닥불이나 촛불 혹은 달빛도 포함된다. 역광의 활용, 셔터 스피드 조절, 조리개의 개폐 등등 루베즈키는 온갖 테크닉을 쥐어짜 '인공조명 부재의 한계'를 극복하고 촬영을 마쳤다. 사실, 이 영화의 내러티브는 한 남자의 처절한 복수극 그 이상도 그 이하도 아니다. 그리하여 서사로만 보자면 범작인 이 작품은 '삶과 죽음의 경계' 그리고 '대자연의 숭고'라는 미학적 가치를 불어넣은 촬영 덕분에 장엄함을 얻었다.

둘. 〈덩케르크〉가 보여준 사운드의 부재. 〈덩케르크〉가 보여준 완벽한 진공은 무시무시한 흡입력을 시전한다. 무협지 《소오강호》에 나오는 '흡성대법'을 연상케 하는 공포감이 극장의 공기를 가득 채운다. 마치 관객의 '기氣'를 빨아 영화의 완성도를 높이려는 마귀처럼 느껴지는 크리스토퍼 놀란 감독. 영화는 시작부터 사운드를 가득 채운다. 대사와 음악과 음향. 덩케르크 해안가의 잔교와 작은 배 한 척과 외로운 전투기 한 대.

한스 짐머의 신경질적인 현이 울어대면, 격발음이 더해진다. 탕. 탕. 탕. 독일군 급강하 폭격기 슈투카의 굉음. 폭탄의 파열과 병사들의 오열. 물속에 갇힌 전투기 조종사의 먹먹한 배음. 어떻게든 배에 오르겠다는 이기심과 배에 올라봐야 어차피 목숨을 보장할 수 없다는 체념 사이의 울부짖음. 소리와 무언의 함성이 빗발치듯 몰려온다. 관객은 정신은 차릴 겨를 없이 달리고 달린다.

그러다 한순간, 한스 짐머의 모든 음표는 제각각 자신이 서 있는 그곳에서 멈춘다. 천신만고 끝에 탈출한 주인공 토미(핀 화이트헤드 분)를 둘러싼 모든 소리가 거세된다. 기차 달리는 소리도, 차창 밖 인파의 소리도 모두 일순간 정지. 음악과 음향이 완벽하게 사라진 진공의 공간. 토미는 비로소 온전히 관객의 '눈과 귀'를 차지하게 된다. 특히나 청각의 점유는 영화가 시작되고 비로소 처음이다.

기차에 마주 앉은 토미와 알렉스(해리 스타일스 분)는 걱정에 짓눌려 있다. 몸은 살았지만, 마음은 죽어 있다. 전쟁에서 목숨만 건져 도망쳐 돌아온 자신들을 국민들이 조롱할까 봐 한숨이다. '나의 귀환은, 나의 생존은 결국 온 국민의 조롱 위에 서 있는가. 생을 좇아 달려온 그 길고 험한 여정은 수치와 굴욕을 뒤집어쓰게 되는가.' 그때 울리는 탁! 탁! 탁! 누군가가 기차의 창문을 두드린다. 마음을 졸이던 두 소년의 눈앞에 나타난 건 맥주 한 병. 그리고 웃음. 박수. 환대. "살아 돌아온 걸로 충분해!"라는 한마디는 두 소년의 마음을 따뜻하게 소생시켜낸다.

〈덩케르크〉의 크리스토퍼 놀란은 놀랍게도 모든 걸 거세하고 영화를 우뚝 세워버린다. 흔한 전쟁영화의 클리셰들은 개나 줘버린 지 오래다. 철모 안에 숨겨진 가족사진도 없다. 고향에서 오매불망 기다리는 애인의 편지도 없다. 피와 살이 튀는 신체 훼손을 단 한 컷도 보여주지 않으며 덩케르크에

고립된 연합군의 공포를 사운드와 미장센만으로 관객에게 고스란히 전달한다.

감독은 없애고 없애다 아예 등장인물의 이름마저 지워버린다. 광활한 바다 위에서 도슨(마크 라이런스 분)에게 구출된 트라우마에 갇힌 병사는 그냥 '떨고 있는 병사'다. 킬리언 머피가 연기한 이 역할은 대본에 따로 이름이 없다. 거세와 거세로 이룩한 이 절제미는 결국 관객에게 거룩한 몰입을 선사한다. 전장의 공포. 무슨 수를 써서라도 생환하겠다는 생의 의지. 패잔병을 바라보는 따뜻한 시선과 안도. 오롯이 이 감정만이 남아 있도록 모든 걸 지워버린 감독의 야심찬 결단은 완벽하게 성공한다.

셋. 〈허트 로커〉가 보여준 스타의 부재. 감독 캐스린 비글로우의 장점은 마초적 감성으로 부글거린다는 점이고, 단점은 마초적 감성으로 부글거린다는 점이다. 언제 터질지 모르는 폭발물의 존재는 시종일관 관객의 괄약근을 움찔거리게 만든다. 제레미 레너의 명품 연기, 황량한 바그다드의 모습을 제대로 재현해낸 강렬한 비주얼, 밀도 넘치는 심리 묘사. CG를 버리고 실제 폭발물을 사용한 점.

〈허트 로커〉의 미덕은 일일이 열거할 수 없을 정도로 많지만, 터질 듯 요동치는 긴장감을 자아내는 가장 큰 이유는 극초반 벌어지는 가이 피어스의 충격적인 죽음에서 찾을 수 있다. 영화가 개봉하던 당시 제레미 레너는 무명에 가까웠고, 가이 피어스는 이미 〈메멘토〉, 〈L.A. 컨피덴셜〉, 〈룰스 오브 인게이지먼트〉, 〈타임머신〉 등 다양한 작품으로 관객의 눈도장을 찍은 배우였다. 누가 봐도 관객의 기대는 가이 피어스가 주인공으로 '폭발물 처리반'을 이끌어 나갈 것이라는 서사에 놓여 있었다. 그러나 그 기대를 철저히 배반하고 무명의 제레미 레너를 주인공으로 내세운 캐스린 비글로우의 뚝심이 결국 아드레날린 뿜어대는 〈허트 로커〉란 괴물을 만들어냈다.

덧. 마음을 흔드는 영화는 좋은 영화다. 하루를 흔드는 영화가 있고, 일 년을 흔드는 영화가 있다. 때로 평생 마음을 요동치게 하는 영화도 있다. 어둑한 극장에서 나왔을 때 부신 눈을 찡그리며 현실과 마주하지 못하고, 여전히 영화 속 무대 위에서 헤매고 있는 느낌이 든다면 분명 평생을 흔드는 영화다.

마치 내가 덩케르크 해변가에 버려진 패잔병인 듯 느껴지고, 마치 내가 숲속에서 무시무시한 회색곰과 맞닥뜨린 공포감에 질려버리며, 마치 내 앞에 언제 터질지 모르는 폭발물이 놓여 있는 긴장과 마주치게 된다면, 그 작품들은 마음에 아로새겨진 작품들이다. 도가도道可道 비상도非常道. 이 세 작품은 특히 말이나 글로는 도저히 표현이 안 되는 작품들이다. 어떤 감상을 내놓든 성에 차지 않는다. 그게 걸작이 갖고 있는 '모호성'이란 품성일 터.

'당신이 곤경이 빠지는 이유는 뭔가를 몰라서가 아니라, 뭔가를 확실히 안다는 착각 때문이다,' 〈빅쇼트〉는 마크 트웨인의 격언과 함께 시작한다. 이 명언을 빌어 말하자면, '누군가의 인생 걸작은 뭔가를 자꾸 첨가해서 나오는 게 아니라, 뭔가를 확실히 빼내는 용기에서 나온다.'

왜 사느냐는 중요하지 않다

*
*
*

밀양

일찍이 헤겔은 이렇게 평했다. '안티고네는 지상에 존재하는 가장 고결한 인물'이라고.

볕이 촘촘하다. 빽빽하다 못해 비밀스럽기까지 하다. 알 수 없는 이유로 빅뱅이 일어나고 최초의 30분 동안 수소와 헬륨이 만들어진다. 그리고 80억 년이 흐르고 나서야 우리의 태양이 등장한다. 그가 내뿜는 빛이 엽록소를 자극하고 미토콘드리아를 생성했다. 그러고는 마침내 오늘의 우리를 창조했다. 〈밀양〉은 바로 그 시원始原에 관한 탐구다.

밀양 토박이 종찬(송강호 분)은 밀양이란 곳이 어떤 곳인지 묻는 질문에 이렇게 답한다. "똑같아예. 사람 사는 게 다 똑같지예." 비밀스럽고 신비로운 그곳은 결국 우리 모두가 사는 세상 그 이상도 그 이하도 아니다. 삶의 비의는 단순하기 짝이 없고, 반대로 지극히 평범한 우리 일상은 신비와 경탄으로 가득 차 있다.

영화 〈밀양〉은 1985년 발표된 이청준의 단편 〈벌레 이야기〉를 원작으로 삼고 있다. 1988년 즈음 이 소설을 접한 이창동 감독은 이를 1980년 광주의 이야기로 해석했다. 당시 뜨겁던 5공 비리 청문회의 열기에 영향을 받았으리라. 이청준 작가는 전혀 광주를 의도치 않았다고 술회했음에도, 이창동 감독의 해석에는 십분 동의한다. 1980년 광주의 아픔도, 2017년 우리의 아픔도 종국엔 하나라는 생각에 도달하자, 〈밀양〉은 삶의 근원적 의미를 캐내려는 소포클레스의 노력과 결을 같이한다는 결론에 닿았기 때문이다.

그렇다면 과연 신애(전도연 분)의 잘못은 무엇인가. 그녀의 잘못은 단순하다. 자신을 버리고 새로운 곳에서 거짓된 모습으로 가장하고 싶어 한 것. 즉, 내가 아닌 상상 속의 나를 만들어낸 것. 이것이 죄라면 죄다. 불륜을 저지르다 세상을 떠버린 남편이지만 자신을 사랑했다고 강변한다. 남편 빚 갚고 피아노 학원 하나 겨우 차리면서 돈을 다 썼지만, 부동산 투자처를 알아보며 여윳돈 많은 척 부유함을 가장한다. 중단된 피아니스트로서의 경력은 언제든 다시 시작할 수 있는 것처럼 치장한다. 신애는 부와 교양과 사랑을 모두 갖춘 '거짓 신애'를 철저히 연기한다. '진짜 나'와 '보여지는 나' 사이의 균열을 유괴범이 파고든다. 그리고 아들은 차가운 시체로 돌아온다.

이제 아들의 주검을 마주한 신애에게는 인생의 새로운 장이 펼쳐진다. 더 이상 '보여지는 나'를 연기할 여력이 사라진 그녀는 더욱 곤궁해진 '진짜 나'를 견디는 데 모든 에너지를 쏟아붓는다. 종교가 한 방편으로 등장한다. 기독교다. 물론 이 영화를 반기독교적인 작품으로 해석할 수도 있다. 김추자의 '거짓말이야'를 흥얼거리며 대한민국 개신교에 대한 비판을 늘어놓는 것도 영화에 대한 충분히 가치 있는 해석이다. 다만, 그렇게 단선적으로 해석하기에는 이 영화의 폭과 깊이가 만만치 않다는 데 문제가 있다.

〈밀양〉은 인류 보편의 삶을 이야기하는 걸작이다. 〈밀양〉에서의 종교는 인간의 나약함이 소구하는 도구가 종내 어떻게 인간의 나약함으로 인해 산산조각 나는지 보여주는 단적인 예일 뿐이다. 이쯤 되면 〈밀양〉의 가장 논쟁적인 주제 '용서'와 '구원'에 대해 이야기해볼 시점이다. 신애의 눈물과 울화는 교도소 면회 장면에서 극에 달한다. 신애는 자신의 아들을 죽인 도섭(조영진 분)에게 말한다. "얼굴이 좋네요. 생각보다." 도섭이 답한다. "죄송합니다." 신애가 하나님의 품에 안기길 권하러 왔노라 말하자, 도섭은 뜻밖의 대꾸를 한다. "하나님이 제 죄를 다 용서해주셨습니다." 너무도 평안한 표정으로.

신애는 단말마 같은 탄식을 지긋지긋 씹어 뱉는다. 대체 누가 그를 용서했단 말인가. 누구 마음대로 그는 스스로 용서하고 스스로 구원받았는가. 카메라는 신애의 뒷모습을 한참 동안 응시한다. 분노와 절망을 어깨 위에 올린 채 그녀는 묵묵히 걸어간다. 신애의 뒷모습은 애써 감내해야 할 대상이다. 마치 〈사울의 아들〉에서 사울의 뒷모습을 107분 러닝타임 내내 참고 보아내야 하듯이.

영화 〈사울의 아들〉에서 사울은 '존 더 코만도'다. 아우슈비츠에서 400만 유태인이 죽어갈 때, 동족을 가스실로 유도하거나 그 시체를 처리하는 유태인들을 존 더 코만도라 불렀다. 홀로코스트의 참상을 바로 곁에서 지켜보면서 동시에 독일인의 학살을 돕는 기묘한 역할. 이중적인 존재. 엄밀히 말하자면, 모순 덩어리 존재들이다. 더군다나 존 더 코만도 역시 평균 4개월이란 시간 후에는 죽음으로 내몰렸다.

동포의 죽음이 일상화된 생지옥 속에 있는 사울에게 어느 날 아들의 주검이 도착한다. 사울은 랍비를 수소문해 어떻게든 아들의 장례를 치러주려 노력한다. 노력이란 표현으론 부족하다. 그는 목숨을 던질 정도로 절박하게 아들의 장례에 집착한다. 사울은 대체 왜 아들의 죽음에 의식儀式을 부여하려고 할까? 랍비를 찾는 것. 랍비에게 장례를 집전토록 하는 것. 이 모든 게 결국 신에게 묻고자 함이다. 바로 죽음의 의미를. 하지만 랍비들은 매몰차게 사울을 외면한다. 사울은 결국

신에게 외면받는 셈. 400만의 희생. 일상화된 죽음. 그리고 내 아들의 죽음조차 신에게 버림받았다. 사울은 절망한다. 아니, 절망할 수밖에 없다.

홀로코스트의 생존자이자 정신과 의사인 빅터 프랭클은 "왜 살아야 하는지, 그 의미를 아는 사람은 어떤 역경도 이겨낼 수 있다"라는 니체의 말을 평생의 신조로 삼았다. 그의 저서 《죽음의 수용소에서》의 원제가 '삶의 의미를 찾아서Men's Search for Meaning'라는 것은 의미심장하다. 그는 무의미한 죽음만큼 견디기 힘든 것은 없다고 단언한다. 죽음의 의미는 곧 삶의 의미다. '왜 사느냐고' 집요하게 묻는 빅터와 사울, 그리고 신애의 뒷모습은 그래서 오버랩될 수밖에 없다.

삶. '왜 사느냐?'고 묻는다면 '죽지 못해 산다'가 정답이다. 굳이 하이데거의 말을 빌리지 않더라도 '실존이 본질에 앞선다'는 걸 우리는 체득하고 있다. 왜 사느냐는 중요하지 않다. 어떤 이유에서든 우리는 태어났으니까 사는 것이다. 그냥 사는 거란 말이다. 인생에서 '왜'는 중요하지 않다. '어떻게'가 남을 뿐이다. '즐겁게 살 것이냐 괴롭게 살 것이냐'만 오롯이 우리의 실존 앞에 남는다. '베풀려고 산다' 혹은 '인류 발전에 이바지하기 위해 산다' 이런 말은 모두 개소리다. 뭘 위해 사는 사람은 거짓이고 가식이다. 삶은 삶을 위해서만 존재해야 한다.

여기서 독자들은 내게 신랄한 질문을 던질 차례다. '왜 사느냐?'고 묻는 빅터 프랭클과 '실존이 본질에 앞선다'는 하이데거. 대체 누가 옳다는 말인지, 대체 하고자 하는 말이 뭐냐고 묻고 싶으실 게다. 그저 '삶의 의미를 찾아야 한다'는 말과 '우리는 태어났으니 그냥 살아야지 뭔 이유를 찾느냐?'는 말은 결국 통한다는 진실을 말하고자 한다.

　의미를 찾는다는 건 현재에 집중한다는 것이다. 왜냐고 묻지 않는 것 역시 미래 따위는 저 멀리 접어두고 과거 역시 밀쳐내고 오롯이 현재에 충실한 삶을 뜻한다. 결국 극과 극은 통한다고 했던가. 현재에 충일한 삶을 살고자 노력하는 자야말로 삶의 의미를 캐내면서도 동시에 '왜 사느냐?'는 질문 따위는 내동댕이치고 씩씩하게 살아가는 '참 사람'이다. 그래도 이해가 안 간다면 《금강경》 한 구절을 권하는 바이다. '붓다가 붓다가 아니니, 내가 이를 붓다라 부른다.'

　언젠가 김훈 작가의 친필 서명이 자랑스레 수놓인 책을 선물로 받고 기쁨의 춤을 덩실거린 적이 있다. 《공터에서》라는 책인데, 내 이름과 멋들어진 서명 그리고 잠언 한 줄이 아로새겨져 있었다. "인생은 고해苦海다!" 김훈 선생은 내가 아는 작가 가운데 가장 자신의 삶을 만끽하는 분이다. 나는 그의 자전거도 안다. 그의 원고지와 펜도 안다. 그의 라면과 김밥도 안다. 그가 얼마나 자신을 사랑하고 즐기는지 똑똑히 알고 있다. 인생은 어쩔 수 없이 괴로운 바다란 걸 일찌감치 이

마에 새기고 삶을 대하니 오히려 그는 열심히 즐길 수 있는 것이다.

'삶의 의미'도 자꾸 '왜?'냐고 쓸데없는 질문을 날리지 않는 자에게만 허락되는 선물이다. 고해임을 알기에 행복한 삶. '왜?'냐고 물을 게 없단 걸 알기에 그 의미를 찾을 수 있는 게 역설적이게도 진정한 삶이다.

부처님의 전생 이야기인 《본생담》에 다음과 같은 에피소드가 전해진다. 어느 날, 왕이 명했다. 세상의 모든 지혜를 모으라고. 당대 최고의 학식을 갖춘 학자들은 열과 성을 다해 세상의 학문과 지혜를 모아 책을 엮었다. 그런데 세상의 모든 지혜를 다 모으다 보니 몇 수레가 족히 넘는 방대한 양이 되었다.

왕은 내가 이걸 언제 다 읽느냐며 역정을 내면서, 지혜를 좀 더 압축해 모아 오라고 다시 명했다. 대학자들은 세상의 지혜를 줄이고 줄여, 한 권의 책으로 만들어 바쳤다. 하지만 왕은 기다리다 늙고 쇠약해졌다. 한 권의 책도 읽을 힘이 남지 않았기에 한 장으로 요약해 오라 일렀다. 학자들은 다시금 정성을 다해 세상의 모든 지혜를 압축하고 압축해 한 장으로 만들어 갔다. 하지만 왕은 임종을 앞두고 있었다. 신하 하나가 한 줄의 말을 왕의 귀에 대고 읊었다. "전하, 세상의 지혜는 이렇습니다. 인간은 태어나고 늙고 병들고 결국 죽습니다."

다시 서두로 돌아가자. 아무리 생각해도 오이디푸스는 아버지를 죽이고 어머니와 결혼할 운명이라는 신탁을 듣지 말았어야 했다. 아니, 아니, 듣길 잘했다. 아빠이자 오빠인 그는 신탁을 잘 들었다. 딸이자 누이동생인 안티고네의 고결함을 위해.

어쩔 수 없어, 이게 내 천성인걸

*
*
*

단지 세상의 끝

장면 하나. 쿠엔틴 타란티노의 〈펄프 픽션〉은 다시 봐도 명작이구나. 어제의 적이 오늘의 동지가 되는 아니, '불과 10초 전의 원수가 10초 후에 동지가 되는' 배덕감으로 그득한 시퀀스 덕분이다. 조폭 두목 마르셀러스 웰러스(빙 라메즈 분)는 버치 쿨리즈(브루스 윌리스 분)를 죽이려고 눈에 불을 켜고 달려든다. 자동차로 들이받혀 피를 철철 흘리며 쫓기게 된 버치는 악기 가게로 도망친다. 마르셀러스는 악착같이 따라와 그곳에서 목숨을 건 육탄전을 벌인다. 버치가 무시무시한 덩치의 마르셀러스를 가까스로 때려눕히는 순간, 갑자기 악기상이 총을 꺼내들고 둘을 제압해 지하실에 가둔다.

가죽 바지에, 가죽 상의를 입고, 가죽 마스크까지 쓴 변태를 포함해 각양각색의 사이코들이 똬리를 틀고 있다. 버치는 천신만고 끝에 손에 묶인 밧줄을 풀고 탈출에 성공한다. 악기 가게 문을 열고 막 나서려는 순간, 조금 전까지 자신을 죽이려고 발악하던 마르셀러스가 문득 떠오른다. 버치는 전기톱을 들고 지하실로 돌아가 사이코들을 해치우고, 죽이려고 달려들던 원수 마르셀러스를 구해낸다. 불구대천의 원수 관계는 사이코들의 광기 앞에서 혈맹의 그것으로 완벽하게 도치된다.

장면 둘. 닐 조던 감독의 〈크라잉 게임〉. 영국 병사 조디(포레스트 휘태커 분)가 들려주는 '개구리와 전갈' 이야기가 진한 여운을 남긴다. 옛날에 개구리와 전갈이 살고 있었어. 전갈은 강둑에서 만난 개구리에게 부탁해. 업어서 강을 건너게 해달라고. 개구리는 말하지. "네가 날 찌르지 않을 거라고 어떻게 확신하지?" 전갈은 이렇게 답해. "너를 찌르면 나도 물에 빠져 죽잖아. 그러니 절대 안 찔러. 걱정 마." 개구리는 그 말을 믿고 전갈을 업은 채 헤엄쳐 물을 건너게 되지. 그러다 강 한가운데서 갑자기 전갈이 개구리를 푹 찔러. 독에 마비된 개구리는 전갈과 함께 서서히 가라앉으면서 기가 막혀 하며 이렇게 물어. "이렇게 같이 빠져 죽을 걸 뻔히 알면서, 넌 대체 왜 나를 찌른 거니?" 그러자 전갈이 답해. "음… 어쩔 수 없어. 이게 내 천성인걸."

장면 셋. 〈복수는 나의 것〉의 동진(송강호 분)은 류(신하균 분)

의 아킬레스건을 끊으며 말한다. "너 착한 놈인 거 다 안다. 그러니까 내가 너 죽이는 거 이해하지?" 류는 분명 착한 청년이다. 하지만 류가 생각하듯 '착한 유괴'란 네모난 동그라미처럼 존재할 수 없는 형용모순이다. 동진의 딸을 안전하게 돌려보내리라는 류의 다짐은 물거품이 되고, 동진은 딸의 주검과 맞닥뜨리게 된다. 동진이 애비로서 느끼는 분노는 지극히 당연하다. 동시에 동진은 류에게 악의가 없음도 잘 안다. 그러니 '너를 죽이지만 네가 이해하라'는 대사가 필연적으로 나올 수밖에 없는 상황. 누군가의 생명을 앗으면서 내 입장을 이해하라는, 천지간 가장 아이러니한 이 장면은 일견 모순처럼 보인다. 하지만 이 어마어마한 장면의 의미를 캐내고 나면 온전한 진실을 내포하고 있음을 알게 될 것이다.

이 영화의 제목에 주목해보자. 박찬욱 감독은 〈복수는 나의 것〉의 영어판 제목을 'Sympathy for Mr. Vengeance'라고 지었다. 롤링스톤즈의 'Sympathy for the Devil'이 자연스레 떠오를 것이다. 이 영어 제목은 분명히 한글 제목과는 사뭇 다른 길로 방향을 틀어갔지만, 영화의 주제의식을 도드라지게 드러낸다는 측면에서 완벽한 번역이라고 상찬하고 싶다. 여기서의 방점은 '복수'가 아니라 'Sympathy'에 찍혀야 한다. 동정. 아니, 동정이란 표현에서 연민을 거세하고 그저 '공감'으로 옮기는 편이 명징하겠다. 공감. 대체 뭘 공감한다는 말인가? 바로 여기에 〈복수는 나의 것〉이 나의 '올타임

"너 착한 놈인 거 다 안다.
그러니까 내가 너 죽이는 거 이해하지?"

아뇨ㅡㅡ
살려주세요ㅡㅡ

넘버원'이라는 타이틀을 벌써 십수 년째 거머쥐고 있는 이유가 있다.

사람이 사람의 목숨을 앗아가는, 즉 이해나 공감을 결단코 바랄 수 없는 비윤리적인 상황에서조차도 이해와 공감을 바라는 게 바로 인간의 본성이다. 동진은 서슴없이 류를 죽여도 된다. 그럴 만한 도덕적 대의명분을 이미 충분히 확보하고 있다. 그럼에도 마지막 한 가닥 윤리적인 찝찝함마저 털어내고 싶어 '내가 널 죽여도 너는 날 이해하지?'라는 궤변을 늘어놓는다. 인간이 타인에게 요구하는 물질적 혹은 정신적 테두리는 무변광대하고, 인간이 타인의 내면을 들여다보면 그 역시 끝을 알 수 없는 심연이다. 잘 알지도 못하면서 헤아리지도 못할 만큼 많은 걸 바라는 인간의 본성.

장면 넷. 자비에 돌란 감독의 〈단지 세상의 끝〉. 루이(가스파르 울리엘 분)는 파리에서 잘 나가는 유명 작가다. 어느 날 시한부 판정을 받은 그는 가족을 만나러 간다. 실로 오랜만에 이루어진 가족 상봉. 루이는 '자신이 이제 곧 세상을 떠난다는 사실'보다 12년간 애써 외면한 가족들과의 만남이 더 걱정스럽다. 어색함과 불편함을 어떻게 감당해야 하나.

루이를 맞이하는 가족들의 반응은 퇴락한 재즈클럽의 4중주단만큼이나 계통도 없는데다 시들하고 나른하기까지 하다. 엄마(나탈리 베이 분)는 반가움에 기뻐하지만, 형 앙투안(뱅상 카셀 분)은 차갑기만 하다. 여동생 쉬잔(레아 세이두 분)은 마냥 호기심 어린 시선으로 오라비를 바라보고, 형수 카트린(마리옹 꼬띠아르 분)은 루이를 따뜻하게 맞아주고 싶어도 남편 눈치 보느라 데면데면하다.

등장인물들이 이처럼 각자의 위치에서 미묘한 감정의 실타래를 엮어내고 있기에, 집 안 공기는 말할 것 없이 삭막하고 강퍅하다. 가족들은 세 시간의 짧은 만남 동안, 서로가 서로를 물어뜯고 몰아붙인다. 가족 간에 주고받는 강렬한 대사에는 비난과 원망, 욕설과 조롱이 가득하다. 시선과 시선이 부딪칠 때마다 등장하는 강박적인 클로즈업은 또 어떤가. 관객을 프랑스 남부 시골, 루이의 집 안으로 끌어당겨 온전한 감정이입을 요구한다. 그래서인지 99분의 러닝타임이 끝나면 감정적 피로감에 탈진할 것만 같다.

영화를 이끌어가는 긴장의 중심축은 루이와 형 앙투안 사이의 대화에서 축조된다. 앙투안은 공부도 많이 하고 신문에 오르내릴 정도로 잘나가는 작가 동생을 질투한다. 게다가 공구 공장에서 갖은 고생 다해가며 가족을 부양하는 건 정작 자신인데, 어머니와 여동생은 루이를 동경하고 루이를 사랑하고, 심지어 아내 카트린마저 루이에게 호감을 갖고 있단 사실이 못마땅하고 분하다. 앙투안은 가족들의 말 한마디 한마디에 꼬투리를 잡고 생채기를 낸다. 대체로 묵묵히 가족들의 원망을 듣는 루이지만, 그가 참다못해 '시한부' 얘기를 불쑥 꺼낼까 봐 영화를 보는 관객은 초조하고 불안하다.

〈단지 세상의 끝〉은 인간의 본성을 민낯까지 드러내기 위한 다양한 장치를 켜켜이 쌓아간다. 첫 번째 장치는 '죽음'이다. 삶을 들여다보는 데에 있어 죽음만큼 명징한 거울이 또 있을까. 죽음 앞에서 솔직하지 못할 것도 없고, 죽음 앞에서 머뭇거릴 일도 없다.

두 번째 장치는 '가족'이란 무대다. 우리 모두 학교나 직장 같은 다양한 무대 위에 적을 올려두고 살아가지만, 가족이란 무대는 마치 절해고도 같은 절박함을 느끼게 해준다. 더 이상 피하거나 우회할 수 없는 상황. 직장이 싫으면 그만두면 되고, 학교가 마음에 안 들면 때려치우면 된다. 그러나 가족은 싫다고 버리거나 쉽사리 도망칠 수 있는 대상이 아니다. 죽음과 가족. 아세트산카민 용액으로 염색한 양파 껍질을 현미경으로 관찰하듯 '죽음과 가족'은 인간의 본성을 무서우리만큼 적나라하게 보여준다.

영화의 시작과 함께 울려 퍼지는 노래는 의미심장한 가사로 이 영화에 깊이를 더한다. '집은 항구가 아니야. 집은 장의차가 아니야. 집은 상처받는 곳이야.' 〈단지 세상의 끝〉은 비록 '가족에 관한 영화'라는 외피를 쓰고 있지만, 가족조차도 예외 없이 인간의 본성이 충돌하는 공간이라는 메시지를 담고 있다. 인간의 본성과 본성이 부딪힐 때 그것이 학교든 군대든 교회든 직장이든 강렬한 파열음을 낼 수밖에 없다. 가족이란 공간 역시 한없이 자애롭고 푸근하기만 할 것 같지만, 얕은 예단은 철저하게 파괴된다.

영화 〈똥파리〉가 보여주는 '가족 내의 폭력과 트라우마가 빚어내는 파열음'은 객관적인 관찰자의 시선을 충분히 납득시킨다. 더 아프고 예리하지만 반대로 납득의 과정이 명확하다. 반면 〈단지 세상의 끝〉이 보여주듯 루이와 가족들처럼 겉으론 멀쩡해 보이는 상황 속에서 벌어지는 충돌이 더욱 서늘하다. '내 속에 내가 너무도 많아'란 노랫말처럼 내 안의 충돌조차 버거울진대, 가족에게 무한한 이해를 바라는 건 아무래도 무리다.

'그래도 믿을 건 가족밖에 없어' 혹은 '다 소용 없어. 남는 건 가족뿐이더라'라는 말을 흔히들 한다. 세상 풍파에 고생 좀 해본 사람들이 흔히 하는 말인데, 다 개소리다. 아니, 개소리는 좀 심하고 부정확한 표현을 다시 정확히 번역해보겠다. '그래도 믿을 건 나뿐이야.' 혹은 '다 소용 없어. 남는 건 나뿐이야.' 요렇게 옮긴다면 그나마 수긍이 간다. 흔히들 이 영화의 명대사로 엄마가 루이에게 하는 "이해는 못 해. 하지만 널 사랑해. 그 마음만은 누구도 못 뺏어가"를 꼽는다. 역시나 다시 번역해보겠다. "루이야 네 짐은 나눠 질 수 없단다. 하지만 널 사랑해. 그 마음만은 누구도 못 뺏어가."

마지막으로 '수신인 루이' 앞으로 편지 한 통 남기고 싶다.

루이에게

당신이 왜 집을 떠나야 했는지 궁금하지만 묻지는 않을게요. 허름한 판잣집의 기억. 아버지의 부재. 성 정체성으로 인한 고민. 가족과의 불화. 아마도 어느 하나가 이유가 될 수 없겠지만, 결국 그 모두가 이유가 될 수도 있겠지요. 비록 지구 반대편 중국에서, 게다가 몇천 년 전 나온 책이지만 《한비자》 가운데 한 대목을 가엾은 당신에게 들려주고 싶군요.

위나라에 결혼식을 막 올린 한 부부가 있었어요. 둘은 사원에 가서 축원을 드리기 시작합니다. 아내가 먼저 빌어요. "비나이다. 비나이다. 저희 부부 건강하고 무탈하게, 백년해로하게 해주옵소서. 그리고 해마다 삼베 백 필씩 벌게 해주십시오." 남편이 의아해 물었지요. "부인! 기왕이면 삼베 천 필씩 벌면 더 좋지 않겠소. 왜 굳이 백 필만 바라오." 그러자 아내가 쏘아보며 나직한 음성으로 이렇게 대답해요. "백 필이면 배불리 먹기에 충분합니다. 물론 천 필이면 더 좋고, 만 필이면 더 좋겠지요. 허나, 삼베 천 필이면 분명 당신은 첩을 살겠지요."

인간의 본성이란 '한 이불 덮는 부부지간조차도 작은 균열로 금이 가는' 기묘한 존재랍니다. 남의 손에 피가 철철 나도 내 손톱에 박힌 가시가 더 아픈 게 인간이지요. 그리고 이 법칙은 가족 사이에도 예외 없이 적용된답니다. 생판 모르는 개구리와 전갈 사이에 그런 일이 벌어지는 건 어찌 보면 당연한 게지요. 가엾은 루이!《한비자》의 부부축원 이야기를 곱씹으며 상처를 보듬어보시길 바랍니다. 부부지간도 이러니 가족은 말해 뭐하겠어요? 그걸 인정하는 순간 삶이 홀홀해집니다. 단, 부디 내 말을 오해하지 않길 바랍니다. 이 세상은 지옥이다! 모든 인간관계를 부정해라! 이런 뜻이 아님을 알고 계시죠? 내가 오롯이 나로 존재할 때, 오히려 우리의 삶과 타인의 삶은 조화로운 동행을 할 수 있답니다.

루이! 울지 마세요! 인생은 축제니까요!
단, 모든 짐은 오롯이 내가 지고 살아가야 하는 축제!